schwanz auf weiß

Für

Keoma, Madelene, Ulrich, Lara und Charlotte

G. J. Herzlichst

schwanz auf weiß

Autobiografie einer gewöhnlichen Hauskatze

Bibliografische Information der Deutschen Nationalbibliothek
Die Deutsche Nationalbibliothek verzeichnet diese Publikation in der Deutschen Nationalbibliografie; detaillierte bibliografische Daten sind im Internet über http://dnb.dnb.de abrufbar.

© 2014 G. J. Herzlichst
Satz, Umschlaggestaltung, Herstellung und Verlag:
BoD – Books on Demand
ISBN 978-3-7357-6354-9

Inhalt

Vorwort	7
Frühzeitliches	9
Erwachen	14
Angekommen	19
Marie	29
Veränderung	37
Gartenwelten	51
Paradies	65
Über dem Zaun …	73
Rückweg	93
Gefunden	105
Sommerzeiten	120
Nachwort	133

Vorwort

Menschen scheint es ja viele zu geben, vermutlich sogar zigtausend, und auch wenn ich ein paar davon kennengelernt habe, nur von zweien kann ich mit Sicherheit behaupten, dass sie meine Menschen sind.

Die Frau und der Mann. Das weibliche Wesen sagte gleich zu Beginn unserer Beziehung so Sachen wie »Komm zur Mama« oder »Mama hat dich lieb«. Daraus schloss ich dann, dass ihr Name Mama ist, salopp gesagt, einfach Ma. Der Mann nennt sie anders, er sagt zum Beispiel: »Liebes, mach doch du mal das Kisterl sauber.« Und die Frau zu ihm: »Schatz, kannst du mal die Kotze wegmachen?« Also nenn ich die beiden gelegentlich Schatz und Liebes. Und ihn natürlich auch Papa oder liebevoll Pa. Manchmal sind sie für mich bloß die zwei oder eben meine beiden Menschen.

Bevor ich mit meiner Geschichte anfange, ein paar Details zum Überblick.

Mama ist die, die mich vom ersten Blick an geliebt hat und die mich beschützt, wenn's gefährlich wird. Wenn zum Beispiel der Regen auf das Dach klopft oder das Telefon läutet oder jemand an der Tür klingelt.

Und der Mann, er hat die Macht über alles im Haus. Er hält mein Klo sauber, er macht mein Essen, er trägt es mir nach, wenn ich woanders als geplant essen möchte, und er ist zuständig für meine Medizin. Mama sagt, dass die Medizin gut für mich ist, ich soll sie brav schlucken.

Selten nur darf ich mich zu ihm kuscheln. Immer

wenn ich bei ihm liegen will, sagt er, dass ich da nicht liegen dürfe, weil Marie sonst sauer wird.

Zu ihm gehört die erwähnte, etwas eifersüchtige Marie. Eine wunderschöne Schildpattlady und ein eigenes Kapitel. Sie war schon da, als ich zur Familie kam. Damals haben wir noch nicht in dem Haus mit Garten gewohnt. Damals, als ich dazugekommen bin, war ich noch ein Jugendlicher, sagt Mama.

Marie ist jetzt beinahe 18 Jahre, ich bin fast 17 Jahre alt.
 Als ich beschloss, bei der Frau zu bleiben, das war vor mehr als 16 Jahren, war ich noch nicht so klug wie heute. Ich komme ja aus sehr einfachen Verhältnissen und ich bin auch viel kleiner zur Welt gekommen.
 Aber vielleicht fang ich ganz von vorne an.
 Ich? Ach ja, ich bin Fredi.

Frühzeitliches

Meinen Vater hab ich nie kennengelernt, zumindest hat er sich mir nie als solcher zu erkennen gegeben. Meine Mutter brachte mich und meine Geschwister in einem duftenden Heuhaufen zur Welt. Ich bin eine echte Bauernhofkatze. So genau weiß ich das deshalb, weil mich auch heute noch der Duft von Heu und Wiese in Entzücken versetzt und ich mich mit großer Leidenschaft in stinkendem Stallmist oder direkt in etwas abgestandenem Kot vom Geflügel wälze.

Mama sagt dann immer »Du Schwein« und rubbelt mich mit einem lauwarmen nassen Waschlappen wieder sauber. Der Mann meint, ich sehe dann genauso aus wie der Horror-Bernhardiner von Stephen King.

Ich hab den Film aber nie gesehen. Schwanz drüber.

Zurück zum Bauernhof. An meine Mutter erinnere ich mich leider nur noch sehr vage. Was ich aber noch gut weiß, ist das Gefühl, das ich bei ihr immer hatte. Sie war warm und weich, sie roch himmlisch und ich fühlte mich ganz geborgen.

Das Erste, das ich sah, als sich meine Augen endlich öffneten, war einer dieser kleinen zartrosa Knubbel auf ihrem flauschigen Bauch, an dem ich mich festsaugen konnte. Manchmal bin ich dabei auch eingeschlafen. Ich war ein glückliches Katzenbaby und ich hatte viel Spaß mit meiner Mutter und meinen Geschwistern.

Wenn wir nicht schliefen, stapften wir neugierig im Hof, im Stall, im Heu oder auch auf der Wiese herum. Und manchmal kamen auch Menschen und sahen uns zu. Einmal, als sie wieder kamen und uns zusahen, hat anschließend eines von uns gefehlt. Ich erinnere mich, dass meine Mutter ganz verzweifelt war und überall im Heu gesucht hat. Sie hat es aber nicht mehr gefunden.

Nicht lange danach kamen wieder Menschen. Sie haben mich hochgehoben, obwohl ich gerade sehr beschäftigt war, und sie haben mich einfach in eine Schachtel gesteckt und weggetragen. Ich weiß noch, dass ich keine Ahnung davon hatte, was mit mir passierte, und dass ich schreckliche Angst hatte. Es hat gerumpelt und geheult, ich bin in dem Karton hin und her gefallen, konnte nichts sehen und mich nirgends festhalten.

Heute weiß ich, dass sie mich und die Schachtel in ein Auto gestellt haben und mit mir vom Bauernhof weg in eine Stadt gefahren sind.

Aus diesem Transportgefängnis kam ich erst wieder heraus, nachdem das Poltern und Heulen endlich ein Ende hatte. Ich war in einer sogenannten Wohnung gelandet, in der zwei kleine und zwei große Menschen lebten. Ich war ganz allein. Meine Mutter und meine Geschwister waren nirgends zu sehen. Ich hab überall nach ihnen gesucht.

Damals habe ich Mutter sehr vermisst.

Das Meiste, das in dieser Zeit passierte, habe ich verdrängt. Es war einfach zu schrecklich und lohnt nicht, aufgerollt zu werden. Kurz zusammengefasst nur so viel: Ich war so etwas wie ein Spielzeug, sie waren nicht nett zu mir, und oft haben sie vergessen, mir Essen zu geben, und an eine Wasserschüssel dachten sie auch nicht. Ich kann mich nicht mehr erinnern warum, aber auch heute habe ich nach wie vor Angst, wenn jemand an der Tür läutet, und vor Schuhen fürchte ich mich immer noch.

Mama hat mir später erzählt, dass ich anfangs ganz wild auf Kuchen war und dass ich, wenn ich einen Kuchen auf dem Tisch stehen sah, gierig große Brocken davon herausgerissen und gegessen habe. Vielleicht hat das damit zu tun, dass ich einmal, allein gelassen, vor lauter Hunger auf der Suche nach was Essbarem die Wohnung abgesucht habe und dabei einen Kuchen fand, der mir dann für längere Zeit als einzige Nahrungsquelle diente.

Aber die Geschichte hatte ein gutes Ende. Nach wenigen Monaten, als ich in die männliche Reife kam, haben sie mich eines Morgens wieder in eine Schachtel gesteckt, ins Auto gepackt und in einem Tierheim abgegeben.

Da hab ich dann viele andere Katzen getroffen. Alle hatten besondere Geschichten zu erzählen. Von Menschen und vom Leid.

Mein erster Tag im Tierheim war schrecklich. Ich hatte wie immer noch nichts gegessen und fürchterlichen Hunger. Alle anderen Katzen im Heim, selbst die Hunde, bekamen zu essen, nur ich nicht.

»Hilfe! Hilfe! Hunger!«, schrie ich und versuchte mit den Pfoten durch die Gitter zu gelangen, um auf mich aufmerksam zu machen.

Ein alter grauer Kater, mit dem ich mir die Zelle teilte – er nannte sich Mio –, versuchte mich zu beruhigen. »Kleiner, sei ruhig. Ist halb so schlimm. Das machen sie mit allen Neuankömmlingen. Du wirst der Ärztin vorgeführt. Ein kleiner Piks, sie nennen das Impfen, und dann bist du wieder da und bekommst was zu essen. Ist halb so schlimm.« Mio schleckte sich genüsslich über die Pfoten und die Reste seines Frühstücks. Damit war das Gespräch für ihn beendet.

Mio sollte nur teilweise recht behalten.

Ich wurde in einen Raum gebracht, in dem ein großer Tisch aus silbernem Metall stand. Sie setzten mich auf den Tisch und hielten mich fest, bis eine sogenannte Tierärztin kam. Sie war eine grässlich stinkende Frau. Ich habe diesen Geruch auch nie mehr vergessen, und ich musste leider auch die Erfahrung machen, dass es von diesen menschlichen Arztpersonen mehrere gab und dass sie alle stanken. Nach Krankheit, Desinfektionsmittel, Schweiß, Blut und manche auch nach Tod.

Mama sagt zwar, dass das nicht stinkt, sondern dass es sich lediglich um einen charakteristischen Geruch handelt – mir ist das egal, ich mag sie alle nicht.

Diese meine erste stinkende Person steckte sozusagen gleich zur Begrüßung etwas Kaltes in meinen Po. Sie spreizte meinen Mund auf und zog an meinen Ohren. Und sie pikste mich, so wie Mio gesagt hatte. Dann geschah etwas gleichsam Merkwürdiges und Schreckliches. Ich konnte meine hinteren Beine nicht mehr bewegen. Außerdem fühlte sich mein Mund komisch an. Ich wollte einen Schritt nach vorn machen, da kippte meine hintere Körperhälfte zur Seite. Und mir wurde fürchterlich schlecht.

Blitzartig schoss mir ein Gedanke durch den Kopf: Eine der Tierheimkatzen hatte erzählt, dass Menschen, wenn sie ihrer Tiere überdrüssig geworden sind, diese einfach zum Arzt bringen und sie für immer einschlafen lassen.

Ja, das musste es sein. Niemand wollte mich haben, niemand hatte mich lieb. Und so war dies nun mein Ende. Ich hoffte, dass meine Mutter nie erfahren würde, welch elenden Abgang ihr kleiner Sohn genommen hatte.

Ich erinnere mich, das Letzte, an das ich dachte, war, dass ich nun verstand, warum ich kein Frühstück mehr bekommen hatte. Logisch, wäre ja völlige Verschwendung gewesen, wenn ich ohnehin sterben würde.

Auf diesem kalten Tisch liegend ergab ich mich meinem Schicksal und versuchte an eine schöne Zeit zu denken, lange, lange zuvor.

An meine Mutter, ihren weichen Bauch und ihren Geruch. An die Wärme und Geborgenheit, die ich damals fühlte.

Ich versank in dunkler Nacht.

Erwachen

»Kleiner, Zeit zum Aufstehen! Du versäumst das Abendessen!« Mio latschte mit seiner grauen Pfote auf meinem Gesicht herum.

Ich war also nicht gestorben. Was war dann mit mir geschehen? Ich setzte mich auf, stieß einen jähen Schrei aus und stand mit aufgestelltem Haar und breitbeinig vor Mio.

»Au, au! Mein Po! Die haben mir da so ein Ding reingesteckt, jetzt tut mir der ganze Hintern weh!« Ich leckte meinen Allerwertesten, um ihn von der unangenehmen Sache zu reinigen. Nein, mein Hinterteil war ganz in Ordnung. Die Schmerzen beim Sitzen kamen von etwas weiter vorn. Mein Fell schmeckte an der Stelle auch ganz widerlich.

Hauptsache, ich war nicht gestorben und konnte meinen knurrenden Magen endlich beruhigen.

»Mio, wann gibt's denn was zu essen?«, fragte ich zwischen zwei Schleckzügen.

»Waren schon da. Hab dir was in der Schüssel übrig gelassen.« Mio richtete sich ein, um ein Nickerchen zu machen.

Waren schon da? Übrig gelassen? Ich sprang auf und lief Richtung Gitter, wo die Menschen das Essen hingestellt hatten. Ja, da war eine Schüssel. Sie war halb leer. Ich schlang die Reste, das, was Mio mir übrig gelassen hatte, in wenigen Sekunden hinunter. Ich war immer noch hungrig und ich konnte nicht sitzen. Da die Lichter bereits ausgegangen waren, rechnete ich nicht mehr mit Nachschub.

Ich legte mich neben Mio, der kurz knurrte, mich aber dann doch gewähren ließ, und versuchte einzuschlafen. Das dürfte mir auch gelungen sein, denn kurz darauf, so erschien es mir, gingen die Lichter an, und ein Scheppern und Hantieren mit Schüsseln begann, und die Käfige wurden aufgesperrt und gereinigt.

Ich glaube, es ist an der Zeit, dass ich kurz beschreibe, wie ich wohnte. Im Heim gab es verschiedene Tiere. Wie die untergebracht waren, hab ich nicht mitbekommen. Ich weiß nur, dass ich Hunde roch und das Geschnatter und Getratsche von Ratten nicht zu überhören war. Hunde und Ratten kannte ich ja von meinem Geburtsbauernhof, ob auch noch andere Tiere in diesem Heim waren, ist mir nicht bekannt.

Wir Katzen lebten in einem eigenen Teil des Tierheims. In kleinen Zimmern sozusagen, die dicht an dicht nebeneinanderlagen und im hinteren Teil, da wo wir schliefen, gemauert waren. Der vordere Teil war aus Gitter, so konnten wir uns alle sehen und uns unterhalten. Zumindest die, die links und rechts von uns waren. Vorn war im Gitter eine Tür, durch die die Menschen kamen und uns das Essen gaben und die Käfige sauber machten. Mios und mein Zimmer war das letzte am langen Gang. Darum dauerte es auch eine Weile, bis wir unser Frühstück bekamen. Ich freute mich riesig darauf, und als es endlich da war, eine schöne, große duftende Schüssel, ging ich darauf los und öffnete schon vor Erreichen der Schüssel meinen Mund, um nur ja keine Zeit zu verlieren.

»Scheißkerl, stell dich hinten an! Ich bin vor dir dran!« Mio versetzte mir einen Prankenhieb.

Ich flog auf die Seite und blieb entsetzt liegen. Was war jetzt geschehen? Ich dachte, in Mio einen Freund gewonnen zu haben, ich dachte, hier ein neues Zuhause gefunden zu haben, in dem ich glücklich sein kann und genährt werden würde.

Ich wollte stark sein. Ich wollte wirklich nicht weinen. Aber ich konnte nicht anders. Ich hatte Hunger, ich war doch gerade gestern erst dem Tod entronnen, ich konnte noch immer nicht sitzen, und jetzt traf mich auch noch ein Stich ins Herz. Leise fing ich zu wimmern an.

»Hab dich nicht so, Kleiner. Wirst schon nicht verhungern. Regeln müssen sein. Erst die Schüssel, dann ich, dann du.«

Mio schlang gierig den Großteil des Schüsselinhalts in wenigen Minuten hinunter und ging dann wieder auf seinen Schlafplatz zurück, um sich, wie ich das schon gestern beobachten konnte, seine Pfoten und die Reste des Frühstücks zu lecken.

Schluchzend ging ich zur Schüssel und aß, während ich vor mich hin weinte, die Reste, die Mio mir übrig gelassen hatte.

Für gewöhnlich war an den Nachmittagen immer Besuchszeit im Tierheim angesagt. Menschen kamen und schauten in die Käfige hinein. Manchmal nahmen sie eine von uns mit, die tauchte dann nie wieder auf.

Mio erklärte mir, dass die dann zu Menschen nach Hause kamen, und wenn sie Glück hätten, bald wieder ins Heim zurückdürften. Mio wusste das so genau, weil er schon zweimal abgeholt und wieder zurückgebracht worden war.

»Mich kriegt niemand mehr von hier weg. Ich bin jetzt nicht mehr vermittelbar. Ich bin eine scheue Katze. Das mögen die Menschen nicht. Darum geh ich auch nicht ans Gitter wie die anderen, wenn Besuchszeit ist. Ich leg mich ganz ins Eck und stell die Haare auf. Solltest du auch machen, Kleiner.«

Auch wenn Mio mir nur seine Reste übrig ließ, so war er doch mein Freund und ich glaubte ihm. Also setzte ich mich während der Besuchszeit in das andere Eck und pfauchte, wenn jemand ans Gitter kam. Mio hatte recht. Sie gingen wieder und schauten in ein anderes Zimmer, wo sie freundlicher empfangen wurden.

So vergingen einige Tage, vielleicht waren es auch Wochen. Ich weiß es nicht mehr. Ich war ständig hungrig. Und langsam wurde mir auch sehr langweilig.

Es war Nachmittag, die Besuchszeit ging schon eine Weile. Ein weiblicher und ein männlicher Besuch gingen durch die Käfige. Die Tierheimtante, die uns sonst immer das Essen brachte, begleitete die beiden und plauderte mit ihnen. Als sie an unserem Käfig ankamen, fragte die Frau nach meiner Geschichte. Mir war, wie gesagt, langweilig, also pfauchte ich nicht, sondern ging etwas aus der Ecke hervor. Die Tante erklärte, dass ich eine scheue Katze sei und wohl noch nicht so weit, dass ich vermittelt werden könnte. Die Besucherin sah mich an und unsere Blicke trafen sich. Sie fragte, ob sie mich hochnehmen dürfe. Sie kamen in meine Zelle und ich wurde ihr hingehalten. Die Frau nahm mich in ihre Arme und ich konnte nicht anders, es war so schön, sie hatte so lebendige Hände, sie hielt mich fest, ohne mich einzuengen, und sie sah mir offen in die Augen. Etwas Seltsames geschah, mein Brustkorb und mein Bauch vibrierten. Ich begann zum ersten Mal, seit ich als Baby entführt wurde, wieder zu schnurren. Die Frau fragte mich, ob ich denn mit ihr mitkommen möchte. Ich schnurrte weiter und sah ihr in die Augen. Worte waren überflüssig.

Der Mann, der mit ihr mitgekommen war, sah auch sehr freundlich aus. Und er roch nach Katze.

Von Mio hab ich mich nicht mehr verabschiedet. Ich hoffe, dass für ihn alles so gelaufen ist, wie er es wollte.

Angekommen

Rückblickend muss ich sagen, dass ich nicht mehr so genau weiß, was alles geschah und wie es der Reihe nach abgelaufen ist. Mama sagt, das liege daran, dass ich eine ältere, äh, Katze in den besten Jahren bin, und da ist das ganz normal, wenn man nicht mehr alles so genau hinbekommt. So wie rechtzeitig das Kisterl finden, zum Beispiel. Aber Schwanz drüber, darum geht es ja jetzt gar nicht. Ich versuche, so gut es geht, mich zu erinnern und eine chronologische Reihenfolge einzuhalten.

Im Tierheim nannten mich alle immer nur Kleiner, weil ich selbst nicht wusste, wie ich heiße. Aber als die beiden mich vom Tierheim abholten, haben sie mir gleich bei der Autofahrt einen schönen Namen gegeben.

Später habe ich dann erfahren, dass mein Name vom althochdeutschen »fridu« abgeleitet ist und soviel wie Friede, Schutz und Sicherheit bedeutet. – Das hat perfekt gepasst.

Eine Schachtel hab ich zum Autofahren nicht gebraucht, ich hab mich einfach zu der Frau und dem Mann gesetzt und aus dem Fenster gesehen. Das war aufregend. Landschaftlich nicht sehr reizvoll, lauter Häuser und andere Autos, aber ich hab diese noch nie so schnell vorbeilaufen sehen. Als Kleinkatze, am Bauernhof, hatte ich überhaupt nur ein Haus, das unsrige, gesehen. Damals wusste ich noch nicht, dass es davon mehr gibt. Aber jetzt, viele, viele, mindestens zigtausend Häuser würde ich schätzen. Und die Autos. Komisch war nur, dass in den anderen Autos keine Katzen mitfuhren und aus dem Fenster schauten und Häuser zählten, so wie ich es tat. Wahrscheinlich waren alle in einer Schachtel auf dem Rücksitz untergebracht.

Nach kurzer Fahrt stoppte das Auto, und die Frau nahm mich auf den Arm und trug mich in das Haus, in dem sie und der Mann wohnten. Es war ein Haus mit vielen Wohnungen, so wie ich es schon kannte, von vor dem Tierheim.
   Mein Herz pochte und ich dachte an meine erste Begegnung mit einer Wohnung und die dortigen Menschen. Mios Worte fielen mir ein. Ich hatte schreckliche Angst, war aber auch total aufgeregt und neugierig. Was würde da jetzt auf mich warten, welche Zukunft lag vor mir, und vor allem: Gab es genug zu essen?

Die Frau stellte mich sanft auf den Boden des ersten kleinen Zimmers, der Mann und sie gingen dann in den nächsten Raum, schlossen die Tür zu dem Zimmer, in dem ich war, und ließen mich dort allein zurück.

Na bravo, dachte ich bei mir, das fing ja schon mal gut an. Sie unterhielten sich in dem Raum nebenan, und ich hörte sie scheppern und hantieren, es klang nach Dosenöffner auf Metall. Ich kannte das Geräusch. Okay, Nahrung gibt es da. Na, dann warte ich, wenn das da vielleicht das Wartezimmer ist, in dem ich mich befand.
   Ich richtete mich auf dem einzigen Sessel ein, den es gab, und es gelang mir, ein oberflächliches Schläfchen zu machen. Unterbrochen wurde ich, als die Tür aufging. Einfach so. Ich verstand das als Einladung.

Die beiden saßen vor dem Fernseher, dieses Gerät kannte ich bereits, und beachteten mich nicht. Na gut, dann schaue ich mir halt mal alles an: Wohnzimmer mit ganz vielen Möbeln, Teppichboden für die Krallen, kleine Küche mit Schüsseln von duftendem Essen, ein zweites Zimmer … Hopsala, hab ich da was von Essen gesehen? Ein paar Schritte wieder zurück und, oh, ja, eine riesige Schüssel mit weichem Futter, daneben eine Schüssel mit hartem Futter und noch eine mit Wasser. Klar, dass ich mich sofort auf das Essen stürzte und es hinunterschlang. Zweimal hab ich mich verschluckt dabei, ich konnte mich nicht mehr erinnern, wie lange es schon her war, dass ich eine ganze Schüssel für mich allein als Mahlzeit bekommen hatte.

Nachdem ich fertig gegessen hatte und mir, wie ich es von Mio gelernt hatte, die Reste aus dem Fell schleckte, fühlte ich mich irgendwie beobachtet. Frau und Mann saßen beim Fernseher und ignorierten mich. Die konnten es also nicht sein. Ich spürte, da waren noch andere Augen. Und dann sah ich sie.

Ich hab sie angesehen und blieb mit offenem Mund und gebührendem Abstand vor ihr stehen. Oh, sie war eine Schönheit. Noch nie zuvor hatten meine Augen das Vergnügen, so viel Schönheit und Anmut sehen zu dürfen.
Ihr Fell glänzte, die unterschiedlichen Farben schimmerten im Spätnachmittagslicht, das durch die Fenster eindrang. Ihr Fell vereinte das dunkle Braun der Erde, die goldenen Strahlen der Sonne und das Rot des Herbstwindes zu einem Regenbogen voller Schönheit, ihr ge-

schmeidiger Körper war von junger Eleganz, ihr Gesicht ein offenes Strahlen, die schwarz geränderten Augen in dunklem Sand, glänzend und klug, mit schwarzen Fellstrichen zum Geheimnis erhoben, lange cremefarbene Wimpern, große, aufstehende Ohren, eine entzückende kleine Nase und ein Mund mit schwarz-rosa Lippen und kräftigen weißen Zähnen.

Nachdem meine erste Verblüffung sowie die Bewunderungsstarre gewichen waren und sich Neugierde meines Körpers bemächtigte, fragte ich mit leiser Stimme – eine andere hatte ich nämlich nicht: »Wer bist du?«

Vermutlich war ich zu leise, denn sie sah mich weiter an, reagierte aber nicht auf meine Frage. Ich nahm meinen ganzen Mut zusammen und beschloss, da ich ja jetzt einen eigenen, schönen Namen hatte, mich ihr vorzustellen.

»Mein Name ist Fredi. Wer bist du?«

»Nun, wer ich bin, willst du wissen? Du, Eindringling in mein Reich, mein Heim? Du, der du dich Fredi nennst. Fredi – und wie noch? Fredi von Stinkhausen? Fredi von Bauchvollgeschlagen und Keine-Ahnung-von-irgendwas? Pah, den Letzten, den sie mir vorgesetzt haben, den hab ich wieder weggeschickt. Glück gehabt, der halbe Wicht, sonst hätte ich ihn noch zertreten, die freche Kanaille!«

Gelangweilt gähnte dann die wunderbare Schöne und setzte sich nach Art der Katzen mit erhobenem Haupt vor mich hin.

»Um aber zu deiner Frage zurückzukommen: Ich bin die, die hier das Sagen hat. Die Frau und der Mann gehören mir. Die hab ich mir so abgerichtet, dass alles reibungslos funktioniert, und niemand pfuscht mir da rein. Wenn du bleiben willst, einen Spielkameraden brauche ich ohnehin, sonst ist es manchmal doch recht langweilig, wenn ich allein zu Hause bin, dann richte dich danach.«

Lässig fuhr sie sich mit der rechten Pfote über das rechte Ohr zum Auge, leckte mit ihrer wunderschönen zartrosa Zunge die schildpattfarbenen Pfoten und hauchte die sorgfältig gewählten Worte in den Raum.

»Mein Name ist Marie Isabella Süß von Goldherz.« Mit dieser Vorstellung war für sie das Gespräch beendet. Sie drehte sich um, zeigte mir mit hoch aufgestelltem Schwanz ihr makelloses Hinterteil und sprang mit einem Satz auf den Schoß des Mannes, um sich dort liebkosen zu lassen.

Marie Isabella Süß – später erfuhr ich, dass sie sich das »von Goldherz« wohl selbst ausgedacht hatte, um dem Moment noch mehr Tragweite und Tiefe zu verleihen.

Sie war unvermittelt in mein Leben getreten – oder war ich in das ihre gestolpert? Wenn man an Schicksal und Vorhersehung glauben kann, dann ist wohl unsere Begegnung ein Beispiel dafür.

Nach diesem ersten Zusammentreffen mit Marie war ich jedenfalls gänzlich geschafft. Ich weiß noch, dass ich ganz kurz die weiteren Teile der Wohnung inspizierte und mich dann in den schmalen Spalt zwischen Badezimmerwand und Waschmaschine verkroch und einem Erschöpfungsschlaf erlag.

Als ich erwachte, war bereits alles dunkel und lediglich drei regelmäßige Schlafatmungen durchbrachen die nächtliche Ruhe. Ich konnte sie kurzfristig in einem großen Bett mit weicher Decke orten. Ganz vorsichtig und leise sprang ich auf das Schlafmöbel, legte mich neben den Kopf der Frau und stimmte in das Ein und Aus ihres Atems mit ein.

Langsam nur gewöhnte ich mich an die tägliche Routine. Morgendliches Erwachen mit »Guten Morgen, Schatz«, »Guten Morgen, Marie«, »Guten Morgen, Fredi«, und das immer zweifach, anschließend eine kleine Kuschel- und Streicheleinheit, dann aufstehen, eine volle Schüssel zum Essen und dann der erste Verdauungsvormittagsschlaf. Ja, langsam gewöhnte ich mich daran, und damit begann ich auch diese Routine zu lieben.

Marie, das muss ich sagen, war immer sehr korrekt und anständig. Niemals nahm sie mir das Essen weg, im Gegenteil. Sie schien mein Trauma, obwohl ich nie davon sprach, zu ahnen und ließ mich oftmals zuerst essen. Manchmal aßen wir aber auch gemeinsam, Schüssel neben Schüssel. Und ich hab damals wirklich nicht sehr appetitlich gegessen. Von meinem Vorleben als immer hungrige Katze gezeichnet, schlang ich meist mein Essen in wenigen Bissen hinunter, kaute kaum, verschluckte mich oft, und Schmatzen gehörte wohl auch zu meiner Geräuschpalette. Aber sie duldete es, teilte und überließ mir ihre Plätze, lehrte mir mit viel Geduld das Spielen mit Fäden, Kugeln und unsichtbaren Gegnern.

Heute kann ich es zugeben, ich konnte damals nicht richtig spielen und hätte es ohne Hilfe von Marie auch wohl nicht erlernt. Ich kann nun tolle Spiele machen, ich jage mich selbst durchs Haus, springe in die Luft, um Fäden zu erhaschen, versuche Kugeln und Bälle zurückzuschießen, spiele mit Mama Verstecken und Nachlaufen und Anspringen. Nachlaufen und Anspringen spiele ich auch mit Marie. Sie und der Mann hassen es, wenn ich das spiele.

Aber das ist eine spätere Geschichte, ich sollte bei meiner Erzählung chronologisch vorgehen.

Das erinnert mich an chronisch. Wie erwähnt, hatte ich chronischen Hunger, damals. Ich hab es nicht ausgehalten, wenn die Schüsseln leer waren. Also hab ich mir Mama und den Mann so erzogen, dass immer zumindest eine Schüssel voll Essen da war. Mama sagte, das sei eine Tierheimkrankheit, ein Trauma. Marie hat den Begriff im Lexikon nachgeschlagen und gesagt, dass das etwas mit extrem belastenden Erlebnissen zu tun hat, die man nicht verarbeiten kann. Sie hat das Buch offen liegen gelassen, und da hab ich auf der Seite, die aufgeschlagen war, nachgelesen, aber bei Traum standen so Begriffe wie Fantasieerlebnis und gar nicht das, was Marie vorgelesen hatte.

Hab ich mir alles nur eingebildet? Ich fragte Marie danach, die hat nur den Kopf geschüttelt und sich die Pfoten über die Augen gelegt. Eigentlich war es mir eh egal, ist jetzt auch schon lange Vergangenheit. Schwanz drüber.

Die Erziehungsmaßnahmen, die ich bezüglich der immer vollen Schüsseln in die Wege geleitet hatte, fanden auch Maries Zustimmung. Ich glaube, sie war damals sogar ein klein wenig beeindruckt von meiner Strategie. Auf alle Fälle hat sie die Schüsseln genossen, die zu jeder Tages- und Nachtzeit aufgetischt waren. Dass uns das später zum Verhängnis werden würde und in einer Diät münden sollte, daran dachten wir zu diesem Zeitpunkt natürlich noch nicht.

Die Frau und der Mann waren tagsüber nur manchmal in der Wohnung. Ich denke, dass sie auf der Suche nach was Essbarem waren. Manchmal kamen sie ohne etwas zurück, fast immer allerdings brachten sie Taschen mit nach Hause, die voll mit essbaren Sachen waren. Für mich und Marie und für sich selbst. Sie selbst hatten nur langweilige Sachen. Sie nennen das vegetarisch leben. Damals ging's ja noch einigermaßen, da war ab und zu ein Häppchen Käse oder ein Löffelchen Schlagobers drinnen. Später würden sie auch das weglassen.

Ich kann's ja nicht verstehen, aber sie werden schon wissen, was sie tun. Und solange sie meine Schüsseln so lassen, wie sie sind – good luck.

Englisch hab ich mir ein bisschen von Marie abgeschaut. Die hat alle Bücher, die herumgelegen sind, aufgesogen. Da durfte ich sie auch nicht stören. War manchmal ganz schön langweilig. Vielleicht hat es da bereits begonnen, dass ich sie genervt habe. Ich hab ja schon erwähnt, dass Marie damals immer sehr freundlich zu mir war. Ich hab's wirklich genossen. Eine kluge, wunderschöne, gut duftende Katzendame, neben der ich liegen, essen, schlafen und spielen durfte. Aber ein Jahr jünger zu sein bedeutete auch, ein bisschen unreifer zu sein. Und ich konnte, außer wenn ich schlief, nicht so lange ruhig sitzen bleiben. Selbst lesen war nicht unbedingt das Meine. Ich musste mich immer sehr auf die einzelnen Buchstaben konzentrieren, was mich sehr anstrengte, darüber hinaus war meine Aufmerksamkeitsspanne auch etwas gering. Kaum hatte ich ein Wort zusammen, wusste ich schon wieder nicht mehr, was das vorherige gewesen war. Auch mit der Bedeutung einzelner Wörter tat ich mir etwas schwer und war deswegen gelegentlich verwirrt. Zum Beispiel das Wort Chaiselongue. Marie sagte, das sei eine Bank. An sich war es mir schon klar, in der Wohnung stand ja auch eine solche herum. Wir spielten darauf, wir schliefen darauf. Marie hatte mir aber einmal, als sie gerade den Wirtschaftsteil einer Zeitung studierte und ich wissen wollte, worum es in dem Artikel ging, erklärt, dass eine Bank etwas sei, worin Menschen ihr Geld aufbewahrten, für schlechte Zeiten oder so. Ich hab dann die Chaiselongue einmal genauer untersucht, überall dran gerochen, auch mit den Krallen hab ich versucht, unter den Bezug zu kommen. Außer dass lauter Fäden herauskamen, hab ich nichts gefunden. Marie hat aber bestimmt recht gehabt. Nur ich hab dann halt das Lesen wieder aufgegeben.

Vielleicht bin ich nicht ganz so klug und gebildet wie Marie, aber ich war damals schon unglaublich süß. Schwarz und weiß sind meine Fellfarben. Ich habe kurzes Haar, davon aber jede Menge, mit dichter Unterwolle. Ganz fein und kuschelig. Eine rosa Nase und rosa Ballen an den Extremitäten, und am Po bin ich auch rosa. Ich hab ihn ja schon lange nicht mehr gesehen, weil ich nicht mehr so gelenkig bin, um mich dort zu putzen. Aber früher war er ganz bestimmt rosa.

Damals, als Jugendlicher, war ich es ja noch nicht ganz, aber später dann hab ich mich zu einem sehr stattlichen, muskulösen, großen Kater ausgewachsen. Das Einzige, das nicht mitgewachsen ist, ist meine kleine Stimme. Die ist immer noch so wie bei einer Babykatze. Mama verarscht mich manchmal deswegen, aber sie meint es nicht böse. Sie findet das auch ganz süß.

Mama und ich. Ich weiß, dass sie mich sehr liebt. Damals, zu Beginn unserer Liebe, wenn ich nachts, bevor ich einschlief, neben ihrem Kopf saß und sie einfach nur ansah und auch sie mich einfach nur ansah und sie sich fragte, ob ich die Wiedergeburt ihrer früheren Katze Humphrey sein könnte, ja damals dachte auch ich, dass ich sie schon sehr lange kenne.

Aber vielleicht ist das immer so, wenn man jemanden liebt.

Ich hatte mein Zuhause gefunden, ich war endlich daheim.

Marie

Ich weiß es nur vom Hörensagen, weil ich ja damals nicht dabei war, aber Marie ist eine Stadtkatze, in einer Schachtel geboren. Wohlbehütete Kindheit, keine Sorgen, mit drei Monaten gemeinsam mit ihren Geschwistern im Tierheim gelandet, einen Tag dort gespielt und dann gleich abgeholt. Sie war die eintausendste Katze, die vermittelt worden war, ein besonderes Glückskätzchen. Die Frau und der Mann haben sie, genauso wie mich, nur halt schon etwas früher, nach Hause geholt. Marie hat das eigentlich ganz geschickt angestellt damals. Obwohl noch sehr jung, eine Kleinkatze eben, wandte sie seinerzeit eine List an. Der Wurf, aus dem sie kam, bestand aus mehreren Schildpattkätzchen. Eines davon wollten Ma und Pa haben. Ihre Wahl war gefallen, sie gingen aber noch die anderen Käfige ab, um sich alles anzusehen. Sie kamen dann zurück, um ihr auserwähltes Kätzchen abzuholen. Marie bemerkte das und hat sich einfach vor ihre Schwester gestellt, und so hat Papa dann Marie hochgehoben und mitgenommen. Sie war als Kind schon sehr klug und wusste gleich, dass sie und Papa die optimale Verbindung sein würden. Papa – klingt komisch, ist aber so.

Erziehungsversuche von Seiten der Menschen hat Marie gänzlich ignoriert. Einzig, und das fand sie ganz brauchbar und witzig, die Art, wie eine Katze beim Fernsehen zu sitzen hat, hat ihr gefallen. Papa hat sie auf den Schoß genommen, in leichte Rückenlage gebracht und mit den Händen aufrecht gehalten. Die beiden machen das heute noch so, wenn es Zeit fürs gemeinsame Fernsehen wird. Fernsehen zu viert lieben wir sehr. Ich mag Zeichentrickfilme sehr gerne, Marie gefallen eher Tierfilme und große Hollywood-Schinken mit dramatischer Musik. Ma und Pa fanden es immer faszinierend – Spock mag ich übrigens auch –, dass wir bei manchen Filmen direkt aufs Bild sahen und bei anderen wieder gelangweilt einschliefen. Sie haben lange Zeit nicht verstanden, dass es für uns Katzen überhaupt kein Problem ist, diese primitive menschliche Sprache zu verstehen. Menschen bilden sich schrecklich viel darauf ein, dass sie sprechen können, und glauben auch noch, dass sie die einzige Spezies sind, die das können. Aber dass sie bloß zu einfältig sind, unsere Katzensprache zu verstehen – ganz zu schweigen vom Selbstsprechen –, kommt ihnen nicht in den Sinn.

Meine beiden waren glücklicherweise recht lernfähig und mit der Zeit haben sie zumindest verstehen gelernt. Gelegentlich versuchten sie auch, auf unser »Brjitt« in Kätzisch zu antworten. Es war aber nur Kauderwelsch, was da rauskam.

Ansonsten hat Marie alle Erziehungsmaßnahmen übernommen. Wie, wo und wann geschlafen und gegessen wird. Wann die Spielzeiten sind und wie gespielt wird, zum Beispiel allein mit einer Murmel, die ganz toll klingt, wenn Katze sie gegen Glas oder Fliesen wirft, so eine Art Murmelsquash, am liebsten nachts, wenn es gar zu langweilig im Bett wird, oder aber zu zweit mit Mensch, wenn sie Lust auf Apportieren und Stöpselweitwurf hatte.

Oder, eine ihrer hohen Schauspielkünste, bei »Keine-Lust-auf-das-Essen«, das es heute gibt, wenn sie ganz hungrig am Tisch vor Papa saß und ganz schwach wurde, beinahe umkippte vor lauter Hunger, damit sie dann doch noch eine Schüssel mit etwas anderem bekam. Katzenbuffet nennt sie das. Oder wenn sie keine Lust aufs Kisterl hatte und zusah, ob eh alles ordentlich wieder weggewischt wurde, was sie hinterlegt hatte. Oder auf das Dachbodenspiel. Schnell aus der Wohnung rausgewitscht, auf den Dachboden gelaufen und irgendwo ganz hinten Spinnweben gesucht und gefunden. »Mal warten, ob mich jemand findet und wann ich wieder Lust habe, nach unten zu gehen.«

Oder spielen mit Papa: Radlbockfahren, Katzenweitsprung mit Schnell-unter-den-Kasten-laufen-und-dort-Verschwinden – das ging allerdings nur, solange der kleine zierliche Körper auch mitspielte. Und musische Spiele, wie die singende Glückwunschkarte, stundenlang ganz verliebt anhören.

Doch Maries Welt bestand nicht nur aus Spielen und Vergnügen. Da war zum Beispiel die erste Maus, die sich in ihren Mund verirrte. Unsere Wohnung lag zwar im zweiten Stock des Hauses, hatte aber einen großen Garten, und ein kleiner Teil davon gehörte zur Wohnung, also zu uns. Ich hatte da unten immer Angst, aber Marie hat den Garten geliebt. Und als sie einmal so nichts ahnend im Gras saß, niemand weiß genau, wie es kam, hatte sie auf einmal eine Maus im Mund. Ein Urreflex, der sie befallen hatte und ganz sacht zupacken ließ. Sacht wohl deshalb, weil sie als Schachtelkatze noch nie eine Maus zuvor gesehen hatte und es ihr wohl auch nicht ganz klar war, was denn eine Mieze mit einer Maus so anstellt. Sie war auf alle Fälle sehr verwundert, bewegte keinen Muskel, war wie zur Salzsäule erstarrt und sah mit fragendem Blick zu dem Mann, das Fellpäckchen zwischen den Zähnen. Papa hatte dann Erbarmen mit der Maus, hat Marie gelobt und der Maus die Freiheit geschenkt. Marie wurde dann später, als wir schon auf dem Land lebten, zu einer grandiosen Mäusejägerin und brachte auch mir, mit viel Geduld, die Jagd bei. In ihren Spitzenzeiten fing sie über fünf Mäuse am Tag und legte sie in einer Strecke, wie dies auch Menschenjäger zu tun pflegen, vor dem Haus ab. Der Mann und die Frau waren dann immer ganz besonders stolz auf sie und lobten Marie wie eine Großwildjägerin. Manchmal, da wurde sie aber gar nicht gelobt, erlegte sie auch einen Vogel.

Vögel und Mäuse gehören nun wirklich nicht zum Großwild. Der Name kam aber daher, dass Marie sich vor gar nichts fürchtete, egal wie groß. Ich hatte schnell einmal Angst, aber das ist eine andere Geschichte.

Maries erste Begegnung mit einem Hund, genauer gesagt mit einer Hündin, sie war zugegebenermaßen noch ein süßer Welpe, aber immerhin ein schäferhundähnlicher und auf alle Fälle erheblich größer als Marie. Leila war ihr Name. Marie stellte sich ihr mit ein paar Ohrfeigen auf die Nase vor und Leila merkte sich das ganz gut. Jahre später, als aus Leila bereits eine große und stattliche Hündin geworden war, trafen sich die beiden wieder. Leila machte in gebührendem Abstand freiwillig »Sitz« und wagte keinen Schritt in Richtung Marie, so groß war ihr Respekt.

Man erzählt sich, dass Marie mit aller Kraft zurückgehalten werden musste, da sie sonst auf Leila einfach losgegangen wäre.

Oder, ein anderes Beispiel, viele Jahre später, daran kann ich mich gut erinnern, im Haus auf dem Land, kämpfte Marie gegen Nachbarshunde jeder Art und Größe. Wenn einer es wagte, in die Nähe des Zauns zu kommen, nahm sie Anlauf und warf sich mit ganzer Kraft gegen den Zaun, und jeder Hund flüchtete winselnd.

Auch Wiesel, die es gewagt hatten, zur gleichen Zeit wie Marie im Garten zu sein, hatten ihre liebe Not, lernten das Fürchten und flüchteten schreiend. Marie, die Großwildjägerin – in meinen Augen eine echte Heldin.

Zu ihren zahlreichen Abenteuern gehörte auch eine Autofahrt nach Wien, das ziemlich weit weg liegen muss, denn obwohl es dort recht stinken soll, so sagt Mama, hab ich selbst noch nie so etwas wie Wien gerochen. Und ich rieche sogar mein Lulu von einem Zimmer ins andere, sollte es mal danebengehen. Schwanz drüber.

Jedenfalls hier die Geschichte: Mama fuhr mit Marie nach Wien, um ihre Menschenfreundin und deren Katze Lisa zu treffen. Das war in Maries erstem Spätsommer, als sie noch sehr klein war. Lisa konnte von Sommern in Wien schon ein Lied singen, sie war älter und daher auch einiges größer als Marie. Außerdem war es Lisas Wohnung und auch ihr Revier, in dem die beiden aufeinandertrafen. Das hinderte Marie allerdings nicht, Lisa auf das oberste Regal der Küche zu treiben, wo sie, solange der Besuch dauerte, auch nicht mehr herunterkam. Dicke Freundinnen konnten so aus ihnen nicht werden.

Lisa wurde viele Jahre später, nachdem sie verstorben war, in unserem Garten begraben. Sie stammte ursprünglich auch aus dieser Gegend, kam aber nach ihrer Entführung gleich nach Wien.

Ihr Grab liegt auf einem kleinen Hügel, und auf der Stelle, wo sie hineingelegt wurde, wächst jetzt gelber Mauerpfeffer. Gelegentlich sitzen Marie und ich dort in der Wiese, und ich erinnere mich noch gut an eine Frage, die ich ihr dort stellte.

»Glaubst du, dass alle Katzen auf der Welt einen Namen haben?«

Marie ordnete ihre Vorderpfoten, bevor sie antwortete. »Also, Fredi, du weißt doch, mit Glauben kann ich wenig anfangen. Aber ja, ich denke, dass alle Katzen einen Namen haben.«

»Und warum haben alle Katzen einen Namen?«

Marie dachte kurz nach, bevor sie mit Blick auf Lisas Grab etwas unsicher antwortete: »Damit Menschen wissen, was sie auf den Grabstein schreiben müssen.«

Ich bin mir nicht sicher, ob sie damit recht hatte.

Zurück zu Marie und der Heimfahrt von Wien mit dem Auto. Marie war in einem Transportkorb am Rücksitz untergebracht. Leider hatte Mama auf der Autobahn eine Panne und musste ihr Auto am Pannenstreifen abstellen und auf Hilfe warten. Es war ein sehr heißer Tag und so stellte Mama Marie mit dem Transportkorb neben das Auto in den Schatten.

Na ja, und irgendwie ist es Marie dort dann eindeutig zu langweilig geworden. Sie befreite sich – wie auch immer sie das bloß geschafft haben mag – und spazierte den Pannenstreifen neben der stark befahrenen Autobahn entlang. Ma hat sie glücklicherweise bald gesehen und, auch wenn ihr beinahe das Herz stehen geblieben wäre vor Schreck, sie haben beide das Abenteuer gut überstanden.

Bald darauf, in ihrem ersten Winter, fuhr Marie mit Mama und Papa auf Urlaub ins Mühlviertel. Marie bekam ein Brustgeschirr – so heißen diese engen und unbequemen Dinger, die eigentlich nur Hunde tragen sollten – mit einer extralangen Leine. Und so ist sie im Schnee spazieren gegangen, zum Erstaunen aller, die sie sahen. Urlaub auf dem Bauernhof nennt sich das.

Hab ich schon erwähnt, dass ich ursprünglich von einem Bauernhof herkomme? Marie hatte keine Ahnung, was auf einem Bauernhof so passiert. Und so ist sie dort auch in die Ställe gegangen und hat sich alles genau angesehen. Bildungsurlaub sozusagen. Die Ferien waren aber nur kurz und bald darauf war wieder Frühling und Sommer.

Das war dann die Zeit, als die Frau und der Mann sie zum Tierarzt brachten – der übrigens die Tabletten, die er eigentlich verschreiben sollte, alle selbst zuerst testete, das sagt Mama zumindest, weil er immer so irre aussieht. In späteren Jahren haben sich Mama und Papa übrigens mit dem Arsch – so nennt Papa ihn – wegen mir zerstritten, weil er so grob war. Von da an mussten wir auch nicht mehr zu ihm gehen.

Marie ist nach dem Tierarztbesuch zu Hause mit einer langen Naht am Bauch aufgewacht. Diese zusammengeflickte Stelle hat sie so sehr gehasst, dass sie sie zweimal aufgebissen hat und wieder vom Arsch vernäht werden musste. Mama hat dann aus einer Unterhose von Papa einen Anzug für Marie gebastelt, damit sie sich nicht mehr den Bauch aufbeißen konnte.

Da gibt's auch Fotos davon. Aber die zeig ich nicht her, das wäre Marie bestimmt nicht recht.

Und weil ich mich bemühe, zeitlich korrekt vorzugehen, kommt jetzt dann der nächste Winter, und da bin ich zur Familie dazugekommen. Und in den ersten Jahren ist mit Marie und mir auch alles prima gelaufen. Aber irgendwann ist unser Verhältnis allmählich schlechter geworden. Bisweilen so schlecht, dass sie mich schon anfauchte, wenn ich auf zwei Meter Entfernung zufällig bei ihr vorbeiging.

Bestimmt bin ich an der Entwicklung selbst schuld gewesen, aber ich weiß nicht mehr so genau warum.

Vielleicht lag es daran, dass ich fand, dass die Plätze, auf denen sie lag, eigentlich die Plätze sind, auf denen ich liegen wollte – und das dann auch tat.

Vielleicht lag es auch daran, dass ich andauernd an ihrem Hintern roch und sie das nicht wollte, oder dass ich ihr ständig nachgelaufen bin, oder dass ich ein paar Ecken hatte, an denen ich meinen Geruch hinterlassen habe und den ich auch immer auffrischte, oder an sonst irgendetwas. Ich weiß es wirklich nicht.

Über Marie fällt mir bestimmt zwischendurch immer wieder so manches ein, aber jetzt muss ich was über mich erzählen, weil mir brennt's richtig unter den Krallen mir ist gerade was eingefallen, das ich unbedingt erzählen muss, das ich schon lange vergessen habe.

Veränderung

Eines Tages, eigentlich eines Nachts, oder zumindest eines Abends, denn dunkel war es auf alle Fälle, daran erinnere ich mich ganz genau, saß ich an einem offenen Fenster meiner Wohnung im zweiten Stock des Hauses.

Plötzlich schwirrte draußen etwas dicht an meiner Nase vorbei, etwas Vogelähnliches. Zuerst dachte ich, ich hätte mich getäuscht, weil Vögel nachts normalerweise nicht fliegen, zumindest die, die ich kannte. Aber das Fluggerät drehte richtige Runden in der Luft und kam immer wieder auf Höhe meiner Nase vorbeigeflogen.

Klar, das ging so nicht, das war eindeutig eine Verletzung meines Luftraums. Also rechnete ich mir die Intervalle der Flugkreise kurz im Kopf aus – Marie hatte mir ja mit Hilfe von Trockenfutterkeksen das Rechnen beigebracht –, und als es dann so weit war, holte ich mit meiner rechten Vorderpfote weit aus, um das flatternde Ding herunterzuholen.

Irgendetwas ist dabei aber schiefgegangen; ich verlor das Gleichgewicht und versuchte verzweifelt, mir mit meinen Krallen am Blech des Fensterbretts Halt zu verschaffen.

Das Nächste, woran ich mich erinnere ist, dass ich im Garten unter einem Fliederbusch saß und Mama mich mit angstvollem, panischem Blick sacht aufhob und wieder nach oben in die Wohnung brachte.

Mir war etwas elend zumute, meine Knochen taten mir weh, ich hatte Schmerzen beim Gehen und ich war etwas verwirrt.

»Was ist mit dir?« Marie schnupperte mit besorgtem Gesicht an mir herum.

»Bin geflogen.« Ich humpelte zum Bett, um mich auszuruhen.

»Ist alles in Ordnung?«

»Vogelfangen.«

»Fredi, geht es dir gut?«

Ich versuchte aufs Bett zu springen, aber das tat weh und ich schaffte es nicht. So legte ich mich neben dem Bett auf den Teppichboden und rollte mich so gut es ging zusammen.

»Bin müde vom Fliegen.«

Marie legte sich neben mich und leckte mir über die Ohren und das Gesicht und sie ist die ganze Nacht neben mir geblieben.

Mama brachte mich am nächsten Tag in eine Klinik, wo es, wer hätte das gedacht, fürchterlich stank. Als mir nach einem Pikser ganz komisch zumute wurde, dachte ich kurz daran, dass ich schon wieder eingeschläfert werden würde, aber diesmal fiel mir kein plausibler Grund dafür ein.

Nach dem Erwachen erschrak ich doch sehr. Mein rechtes hinteres Bein war mit lauter Metallklammern versehen und tat auch bei jeder Bewegung weh.

Ein paar Tage musste ich in der Klinik verbringen, dann durfte ich wieder nach Hause. Mama war noch viel lieber zu mir als sonst, auch Marie war recht besorgt um mich, und Papa hat mich geküsst, obwohl Marie zugesehen hat. Er hat nach meinem Unfall, eigentlich war es ein Hinunterfall, ein feines Gitter am Fenster angebracht und mit sich selbst recht geschimpft, dass er das nicht schon früher getan hatte.

Es hat ziemlich lange gedauert, bis ich diese Metalldinger wieder losgeworden bin, und ich hab mich auch nie wieder ganz von den Folgen meines Fenstersturzes erholt. Ich hab davon später Arthrose bekommen, die zeitweilig so schlimm war, dass ich nur noch schreien und gar nicht mehr gehen konnte. Aber Papa hat mich mit viel Mühe und mit Hilfe einer Chiropraktikerin wieder so fit hinbekommen, dass ich jetzt im Alter wieder springen kann wie ein Junger, was ich damals wegen der Schmerzen gar nicht mehr konnte. Er mischt mir bis heute verschiedene homöopathische Medikamente zusammen und wechselt die dann auch immer ab, je nachdem, was ich gerade so brauche. Papa ist mein Medizinmann.

Weil wir gerade bei den Wehwehchen sind: Ich hab es auch mit dem Aufs-Kisterl-Gehen ein bisschen schwer, manchmal kann ich tagelang nicht, bis die Medizin wirkt, dann passt es wieder. Und Marie hat ein Problem mit dem Magen, der ist bei ihr auch so sensibel wie sie selbst, und manchmal kotzt sie ganz viel, und Papa passt bei Marie auch auf die Nieren auf, dass die gut arbeiten.

Im Großen und Ganzen sind wir aber gesund und topfit, haben schöne Zähne, und davon auch noch alle, und ein prächtiges, glänzendes Fell. Meines ist ein bisschen verklumpt, weil so wie Marie, dass ich mich jeden Tag stundenlang putze, das mag ich nicht.

Und Bürsten lass ich mich auch nicht. Ich hasse das und werde jedes Mal ganz böse. Marie liebt es, gebürstet zu werden. Sie schnurrt laut und tritt mit den Pfoten und kann gar nicht genug davon kriegen. – Miezen!

Auch wenn dadurch die Chronologie an dieser Stelle etwas durcheinanderkommt, wäre jetzt der richtige Augenblick für einen kleinen Vorgriff.

Neben meinem bösen Unfall aus dem Fenster gab's noch ein paar kleinere Wehwehchen, wie etwa die lästige Aknezeit. So als wäre ich in der menschlichen Pubertät, schossen mir am Kinn und rund um die Nase die Pickel auf, das war gar nicht mehr schön und mir obendrein sehr peinlich. Creme sei Dank sind die alle wieder weggegangen, ebenso wie dieser komische Pilz, den ich auf der Nase hatte; da sind mir alle Haare, sozusagen das Nasenfell, ausgegangen. Ich konnte in dieser Zeit kaum in den Spiegel sehen, so schrecklich sah ich aus. Mama sagte, das komme davon, weil ich immer meine Nase in Dinge stecke, die mich gar nichts angehen und obendrein grauslich sind.

Ein winziges Problem hab ich auch mit meinen Augen. Manchmal sind sie recht empfindlich und entzündlich, wenn der Wind bläst oder im Frühling die Pollen fliegen. Ich habe selbst noch nie eine Polle gesehen, weder laufen noch fliegen. Aber irgendwie kriegen die mich trotzdem.

Eine größere Geschichte hatte ich an einer meiner Brustwarzen, die ist ganz blau geworden. Hat zwar nicht wehgetan, aber angeblich musste sie trotzdem weggemacht werden. Haben die mir die ganze Brustwarze rausgeschnitten, bei vollem Bewusstsein, auch wenn ich nichts gespürt habe. Mama und Papa waren bei mir, während eine von diesen komisch stinkenden Personen mit einem Skalpell an mir herumschnitt. Ich hab dann zu Hause ein Gewand anziehen müssen, so einen blauweiß gestreiften Babystrampler, damit ich mich an der Wunde mit den Nähten nicht schlecken konnte. »Mein kleiner Matrose« nannte Mama mich und hat mich recht verwöhnt. Trotz Matrosenanzug hab ich es geschafft, an meine Wunde ranzukommen. Hätte ich nachträglich betrachtet besser gelassen; ich habe mich dabei an meiner Zunge verletzt und musste schon wieder zur Tierärztin, und so habe ich dann ein noch längeres Gewand, dieses Mal mit rosa Pünktchen, bekommen, das gar nicht so schick wie der Matrosenanzug war. Glücklicherweise ist das Ganze ohne Komplikationen gut ausgeheilt, und es stört mich auch nicht, dass ich die Brustwarze nicht mehr habe. Hab eh mehrere.

Ach ja, und was noch ganz wichtig und erwähnenswert ist: Marie und ich hatten als Kinder Leukose. Weiß der Köter, wie wir dazu gekommen sind. Leukose ist eine für Katzen sehr gefährliche Krankheit, gegen die es heutzutage auch Impfungen gibt. Damals noch nicht, und die Sterblichkeitsrate soll angeblich ohne Impfung sehr hoch sein. Marie und ich haben aber auch ohne Impfung die Krankheit wegbekommen. Ist nicht mehr nachweisbar. Ein eindeutiges Zeichen dafür, wie toll wir beide sind.

Auch bei Marie fallen mir keine besonders groben Krankheiten ein, nur eben die Geschichte mit dem sensiblen Magen. Ach ja, und einmal, da musste auch sie operiert werden.

Das war vielleicht ein Ding. Sie war damals sicher schon 15 Jahre alt, als Papa an ihrer rechten Vorderpfote ein Geschwür entdeckte. Wahrscheinlich kam das von einem Mäusebiss, der sich infiziert hatte. In der Klinik haben die gleich zu einer dringenden Operation mit Vollnarkose geraten. Mama und Papa waren bei der Narkose dabei, hat mir Marie erzählt, bis sie eingeschlafen ist, und dann, während der Operation, haben sie im Wartezimmer bleiben müssen und sind dann aber beim Aufwachen aus der Narkose wieder bei Marie gewesen. So hat sie sich gar nicht gefürchtet. Aber sie war noch ganz groggy, als sie wieder zu Hause ankam. Ich war von ihrem Aussehen sehr schockiert, mit dem riesigen Verband, den sie da hatte, und völlig gaga, wie sie dreinschaute.

Ob sie Schmerzen hatte, weiß ich nicht. Marie war viel zu tapfer, um sich so etwas anmerken zu lassen. Aber den Verband hat sie gehasst! Mindestens jeden zweiten Tag hat sie es geschafft, ihn abzuschütteln. Beißen konnte sie ja nicht, weil sie eine von diesen Folterkrausen um den Hals tragen musste, mit der sie nicht einmal ordentlich essen konnte.

Armes Ding, die Kleine. Aber, wie gesagt, sehr, sehr tapfer. Es hat über ein Jahr gedauert, bis wieder alles in Ordnung war mit ihrer Pfote. Sie war ständig in Behandlung und auf Wellness und bei der Osteopathin. Der einzige Schönheitsmakel, der ihr geblieben ist, ist die eine Kralle, wo sie beim Ballen das Geschwür rausgeschnitten haben. Die kann sie jetzt nicht mehr einziehen.

Aber unter uns gesagt: Bei ihrem schönen Gesicht, ihrem glänzenden, gepflegten Fell und der beinahe athletischen Figur – wer schaut denn da schon auf eine Kralle?

Nun wieder zurück, denn ich will ja chronologisch vorgehen, und das ist erst viel später gewesen; jetzt sind wir eigentlich immer noch in der Wohnung in der Stadt.

Unsere Zeit in der gemeinsamen Wohnung haben wir genossen, auch wenn im Nachhinein betrachtet das Platzangebot für zwei erwachsene Katzen doch sehr bescheiden war.

Dass irgendetwas in der Luft lag, konnten wir schon längere Zeit riechen. Aber was es war, war uns lange nicht klar und hätten wir auch nie erraten.

Mama und Papa waren in dieser Zeit sehr wenig bei uns zu Hause. Und wenn sie heimkamen, waren sie doch meist schmutzig und müde und saßen dann lange über riesigen Papierrollen, Tabellenkalkulationen und bunten Prospekten.

Tabellenkalkulation ist ein schönes Wort. Manche Wörter, auch wenn ich nicht so ganz genau weiß, was sie eigentlich für einen Sinn haben, gefallen mir so gut, dass ich sie mir vor dem Einschlafen ganz langsam vorsage.

Tabellenkalkulation. – Hups, da muss ich aufpassen, da schlaf ich gleich wieder ein.

Ein anderes Wort, das ich liebe, ist prätentiös. Keine Ahnung, was es heißt, aber Marie behauptet, dass ich so wäre.

Ich mag Fremdwörter ganz allgemein, gelegentlich verwende ich eines, obwohl ich gar nicht genau weiß, ob das auch das richtige Wort ist.

Mir doch egal, wenn's beim Einschlafen hilft!

Ein bisschen muss ich aufpassen, dass ich mich nicht verzettle in Nebensächlichkeiten. Verzetteln. Nein, ist nicht gut zum Einschlafen.

Mit der Zeit nahmen die Prospekte und Papierrollen an Menge ab, dafür kam Mama immer mit leeren Kartons nach Hause, füllte sie mit unseren Sachen und brachte sie dann weg. Einmal waren es Bücher, die uns verließen, einmal Kartons voll mit Geschirr, Schachteln mit Kleidern, mit Krimskrams und anderem Zeugs, das Menschen so zu brauchen scheinen. Ich achtete stets darauf, dass sie meine Sachen nicht in Kartons verpackten, die Schüsseln, die Kisterln, das Sofa, das Bett, den Kasten. Aus irgendeinem Grund schien Mama daran gar nicht interessiert zu sein.

Ich verstand überhaupt nicht, wozu sie dies alles tat. Auch Marie hatte keine plausible Erklärung, obwohl sie nahezu detektivisch versuchte, den Sinn des Geschehens zu eruieren. So kletterte sie prinzipiell in jeden Karton, katalogisierte den Inhalt – manchmal schlief sie auch darin, tagsüber, wenn niemand außer uns zu Hause war.

Die Zeit der Kartons war eine sehr anstrengende, im Besonderen für Marie, liebte sie doch über alle Maßen die Ordnung und das Gewohnte. Papa versuchte sie zu trösten, so gut es ging. Auch er, glaube ich, war damals etwas durch den Wind und überfordert, denn wie Marie brauchte er die Gewissheit, dass alles an seinem Platz war und Veränderung immer nur die anderen betraf.

Ich sah dem Treiben zwar mit Interesse, aber doch auch mit einer gewissen Portion Gelassenheit zu. Wirklich übel wurde es aber an dem Tag, als wieder einmal ein Schwung Kartons aus der Wohnung verschwand. Und mit den Schachteln war gleichzeitig auch Marie verschwunden. Papa drehte durch und suchte im Garten, Mama im ganzen Wohnhaus nach Marie. Sie dachten, sie sei aus der Wohnung entwischt, während sie mit dem Tragen der Kartons beschäftigt waren. Auch ich wusste nicht, wo sie war, ich sah dem ganzen Treiben von oben zu, aus der Perspektive meines sicheren Platzes oberhalb des Küchenschranks. Ich erinnerte mich nicht, gesehen zu haben, dass Marie aus der Wohnung lief, und gesagt hatte sie auch nichts zu mir.

Mama durchstöberte wohl den ganzen Dachboden, denn als sie von dort wieder zurückkam, hatte sie lauter Staub und Spinnweben im Haar. Beinahe so wie Marie, wenn sie ihr Dachbodenspiel mit Papa spielte. Mama fand sie nicht und sie war bereits den Tränen nahe. Sie dachte wohl, sie sei schuld, da sie nicht besser beim Öffnen der Tür aufgepasst hätte. Ich versuchte sie zu beruhigen und schnurrte los, was das Zeug hielt. Mir selbst half das immer, bei ihr schien das nicht viel zu nützen.

Völlig außer sich – wie auch immer das gehen mag – verließ sie wieder die Wohnung, um nach Marie zu suchen. Ich blieb zurück und überlegte angestrengt, wo ich Marie das letzte Mal gesehen hatte, und war dabei ganz in Gedanken versunken.

»Was ist denn hier für ein Durcheinander und warum verdrehst du die Augen so?«

Marie stand plötzlich vor mir, gähnte und streckte sich genüsslich. Ich sprang bestimmt einen Meter vom Stand in die Höhe, vollführte eine 180-Grad-Drehung in der Luft und kam mit gesträubtem Fell wieder am Teppich an. Ich stellte sie sofort zur Rede.

»Marie, was fällt dir ein? Wo warst du die ganze Zeit?«

»Ich war wohl ein wenig in den Schlaf gesunken, aber bei der Hektik hier musste ich mein Ansinnen unterbrechen.« Sie war in einen der Kleiderkartons, die noch in der Wohnung verblieben waren, geklettert und hatte es sich dort gemütlich gemacht, als sie das Bedürfnis nach einem Nickerchen überkam.

Ich berichtete ihr von der menschlichen Panik, die ihretwegen ausgebrochen war, und zu meinem Erstaunen reagierte Marie mit dem Kichern eines Babykätzchens.

»Nun, wenn ich da etwas nachdenke, so sollte sich das doch noch ein wenig ausbauen lassen.« Sie kicherte weiter und gab mir die Anweisung, den Karton, in dem sie geschlafen hatte, etwas geräumiger zu gestalten, und so zog ich ein paar der Kleidungsstücke heraus. Als so genügend Platz für zwei Katzen geschaffen war, kletterten wir beide hinein und kuschelten uns wartend auf die Wiederkehr der Menschen dicht an dicht in der Schachtel. – Hmm. Ich hab noch heute ihren wunderbaren Geruch in der Nase.

Leider hab ich keine verwertbaren Erinnerungen an den Moment, als Mama und Papa wieder in die Wohnung kamen und feststellen mussten, dass nun auch ich verschwunden war. Irgendwie muss ich in der Schachtel wohl eingenickt sein, denn ich erwachte und erschrak durch einen Aufschrei von Papa, und gleich darauf sah ich zwei Menschengesichter mit letztendlich glücklichem, wenngleich auch verstörtem Ausdruck. Und neben mir grinste Marie von einem Ohr zum anderen.

Dieser Streich ließ sich natürlich nicht mehr wiederholen, weil von da an jeder Karton, bevor er das Haus verließ, mehrfach untersucht wurde und auch wir Katzen vor dem Öffnen der Türen vorsichtshalber nochmals genau ins Visier genommen wurden.

Einige Tage später, ich war gerade dabei, ein paar Kleinigkeiten zu mir zu nehmen, als mir vor Schreck – ich gebe zu, ich war damals wirklich etwas schreckhaft – das Essen wieder aus dem Mund rutschte und neben der Schüssel landete.

Ich musste zusehen, wie mein Kisterl in einer Art Container verschwand, und konnte nichts dagegen tun. Und ich sah zu, wie bald darauf alle meine und Maries Sachen eingepackt wurden. Damit aber nicht genug! Sie brachten die Kartons aus der Wohnung und kamen zurück, um auch uns zusammenzupacken und ebenfalls aus der Wohnung zu bringen.

Wir landeten in einem großen fremden Auto und fanden dort unsere Schachteln wieder.

Nun, wir waren das Autofahren schon lange gewöhnt, den Weg zum Tierarzt legten wir stets in solch einem Gefährt zurück, und das selbstverständlich, ohne in einer Schachtel oder in einem dieser engen Transportboxen zu sitzen, wie das die meisten anderen Katzen taten. So saßen wir auch jetzt ganz normal im Auto. Ich auf dem Schoß bei Mama und Marie, irgendwie auf den Schultern bei Papa eingeklemmt, zwischen ihm und der Kopfstütze, von wo aus Marie ganz genau den Weg sah, den wir fuhren, und den sie jederzeit wiedergefunden hätte, wäre es nötig gewesen.

Nach kurzer Fahrt landeten wir in einem mir unbekannten Wohnhaus, in dem sich lediglich eine einzige Wohnung auf zwei Ebenen befand. Unsere Kisterln, Pölster und Schüsseln wurden dort ausgeladen, was mich beruhigte, doch gleichzeitig auch verwirrte, denn wir mussten mit unseren Sachen dort zurückbleiben, während Mama und Papa ohne uns wieder wegfuhren.

In dem Haus lebten auch zwei Menschen, Oma und Opa. Ja, ich weiß, das klingt wie erfunden, aber ich schwöre, Menschen haben so seltsame Namen.

Eigentlich war es sehr spannend bei Oma und Opa. Es gab unendlich viel Platz, ganz viele Versteckmöglichkeiten, eine Treppe, die man, sooft man wollte, hinauf- und hinunterlaufen konnte. Außerdem Fenster, die bis zum Boden reichten, durch die wir direkt in den Garten sehen konnten, und das nicht nur aus der Vogelperspektive.

Oma machte mir ständig schöne Augen, sie spielte mit uns, kroch auf allen vieren durchs Haus und sie bürstete Marie. Bei mir wollte sie das auch probieren, ich hab sie aber nicht gelassen. Nahrung gab es erfreulicherweise mehr als reichlich und dazu lauter Leckereien.

In der Nacht war es allerdings etwas unangenehm, denn wir durften nicht ins Schlafzimmer und Marie wollte mich auch nicht bei ihr kuscheln lassen. Mama hat mir da schon sehr gefehlt! Glücklicherweise war es nur eine Nacht, denn am nächsten Tag, abends, kamen Mama und Papa wieder zurück, packten uns und unsere Sachen ins Auto und wir fuhren gemeinsam weg.

Die Straßen, die wir nahmen, kannte ich noch nicht, und auch Marie war etwas nervös, aber sie saß konzentriert auf Papas Schultern und lernte den Weg auswendig. Die Fahrt war lang, so lange war ich bis dahin noch nie in einem Auto gewesen und am Ende landeten wir in einem kleinen Wohnhaus am Land.

Marie und ich staunten nicht schlecht, ein Haus mit hohen Räumen und ganz viel Glas vom Dach bis zum Boden, wo man draußen nur Garten sah und gar keine anderen Häuser. Die totale Pampa!

Marie und ich machten uns auf zur Inspektionstour. Durch die vielen durchsichtigen Flächen blickten nicht nur wir von innen hinaus ins Freie; da es bereits langsam dunkel wurde, sah auch die Abenddämmerung zu uns herein.

Es gab keine Teppichböden wie in der Wohnung, sondern richtige Holzböden, ein großes und ein paar kleinere Zimmer und eine Treppe, die nach unten statt nach oben ging. Was natürlich nur teilweise so war, denn wenn man mal unten war, konnte man von da aus auch wieder nach oben laufen.

Direkt an das Haus angeschlossen ist ein großer Teich – damals wusste ich aber noch nicht, wie das viele Wasser heißt und was man damit machen kann.

Wenn man die Stiege im Haus nach unten läuft, sieht man durch Glasscheiben direkt in den Teich hinein und von ganz unten durch den Teich nach oben bis in den Himmel. So was hatte ich zuvor noch nie gesehen, nicht einmal im Fernsehen. Auch Marie zog ihre Stirn in Falten.

Wir fanden es ziemlich abgefahren, und erst als unsere Menschen sich ins Bett legten, begriffen wir, dass wir wohl auch hier bleiben würden und dass das jetzt unser neues Zuhause ist.

Spätnachts, nachdem die beiden schon längst schliefen, unterhielt ich mich noch lange mit Marie.

Wir gingen von Zimmer zu Zimmer, von Möbel zu Möbel, begutachteten jedes Detail und befanden letztendlich, dass es nichts auszusetzen gab.

Müde legte ich mich zu Mama auf den Kopfpolster. Und da war mir dann auf einmal auch klar, warum so manche Sachen, die ich von der Wohnung kannte und die nach und nach aus dieser verschwunden waren, jetzt plötzlich hier waren. Ich war übersiedelt! Übersiede ... chrrrrr.

Gartenwelten

Die erste Nacht im neuen Zuhause habe ich sehr schlecht geschlafen, es schien mir alles so ruhig und furchtbar dunkel zu sein. Die Nächte in der Stadt waren ganz anders gewesen, viel heller und voller Geräusche. In dieser Finsternis habe ich auch sehr viel geträumt, mich hin und her gewälzt im Bett.

»Gib endlich Ruhe und schlaf!«, hat mich Marie wütend angefaucht. Ich hab ihr dann von meinem Traum erzählt, von den kleinen Pelzläufern, die in Erdlöcher steckten und die ich in meiner Fiktion da rausholen musste.

Marie hat nur verschlafen gegrinst. »Ja, Fredi, ich hab davon gelesen, die soll es am Lande zuhauf geben, und sie zwicken Katzen in die Nase, die schwillt dann so an, dass man das Essen nie wieder riechen kann, und viele Katzen sind an den Folgen schon verhungert. Also pass gut auf, denn was man in der ersten Nacht in einem neuen Heim träumt, geht auch in Erfüllung.«

Ich bin ganz schön erschrocken und ich konnte den Traum damals noch nicht deuten, aber heute weiß ich, dass ich von Mäusen geträumt habe, die ich gejagt und auch gefangen habe. Und ich hab später dann auch immer höllisch darauf aufgepasst, dass mich keine in die Nase zwickt, weil Verhungern schien mir gar nicht erstrebenswert zu sein.

Aufgewacht sind Marie und ich dann gleichzeitig so kurz nach Sonnenaufgang, weil es so schön hell wurde. Der Morgen konnte durch die großen Glasflächen, genauso wie die Nacht, überall hereinkommen.

Ich kann mich nicht mehr erinnern, ob es gleich am ersten Tag oder erst am zweiten Tag war, aber vermutlich war es gleich am ersten Tag, weil ich mich nicht mehr erinnere, was sonst am ersten Tag gewesen sein könnte, und so einen ersten Tag, den vergisst man doch eigentlich nicht so leicht, einen zweiten schon eher, aber genau kann ich dazu jetzt nichts sagen. Nehmen wir einfach an, dass es nicht der zweite und auch kein nachfolgender, sondern gleich der erste Tag war, so circa nach dem Frühstück, dass Mama und Papa und Marie und ich einen Ausflug in den Garten machten.

Garten ist gut gesagt, in die Ländereien würde da schon eher stimmen. Mama sagte, der Garten sei irgendwas zwischen 4000 und 5000 Quadratmeter groß, und als ich sie ganz seltsam ansah, begann sie nachzudenken – ich weiß genau, wann sie denkt, dann drehen sich ihre Augen immer so komisch nach oben, während das linke dabei ganz klein wird – und sie erklärte mir, dass ich circa 0,125 Quadratmeter groß sei, was aber nicht wahr sei, weil ich eigentlich x Kubikmeter groß sein müsste, das sei aber egal, weil es ja nur um das Verhältnis gehe und dass 0,125 so viel wie ein Achtel seien – und mit Achteln kannte Mama sich ganz gut aus. Also achtmal ich und das 4000 bis 5000 Mal, so groß sei unser Garten.

Ich hab mich ganz fest konzentriert, um das zu verstehen, dabei ist mir beinahe richtig schlecht geworden. Marie meinte nur kurz dazu, dass wenn sie mich so anschaue, ich eigentlich weder in Quadrat- noch in Kubikmetern, sondern in Festmetern rechnen müsse.

Ich hab ihr das geglaubt, denn sie ist ohnehin die Klügere von uns, und eigentlich war es mir auch egal, wie oft ich in welchem Maß in den Garten passte.

Wir mussten dieses Katzengeschirr anziehen, es war rot, ein Riemen kam um unseren Hals, ein zweiter um die Mitte unseres Körpers, damit wurden wir an eine Leine gehängt, und los ging's durch den Wintergarten ins Freie.
»Brrrjit!«, entfuhr es Marie, als sie die ersten Pfotenschritte ins Gras machte. Und ich konnte es ihr nachempfinden. Hier roch es wunderbar, wenn auch eigenartig und ungewohnt, der Wind fegte sanft um unsere Pelze, und die Weite der Landschaft beeindruckte unsere Unerfahrenheit. Ich ging die ersten Tage immer ganz nahe am Boden, sozusagen ehrfurchtsvoll, mein Bäuchlein kitzelte die Erde und der Duft des Klees verwirrte meine Sinne. Überall zwitscherte, flatterte, knisterte, brummte, surrte und roch es nach Leben.
Und ich hatte dieses blöde Brustgeschirr um mich gezurrt.
Es war wohl eine Vorsichtsmaßnahme, da meine Ländereien zu der Zeit nur zu drei Seiten mit einem Maschendrahtzaun begrenzt waren und Mama und Papa Angst hatten, dass irgendetwas geschehen könnte, was sie nicht im Griff haben würden.
Etwas später erfuhr ich, dass meine beiden Kontrollfreaks waren und dass das eigentlich behandelbar wäre; sie haben aber nie so eine Behandlung gemacht, und darum ist ihnen das auch geblieben. Chronisch sozusagen.
Natürlich hab ich mich später dann an die Weite unter dem freien Himmel gewöhnt und ich ging mit auf-

rechten Ohren und stolzem Haupt durchs hohe Gras. Ich lernte Bienen und Wespen kennen und beschloss, mich von ihnen in Zukunft fernzuhalten. Ich sprang für Schmetterlinge, Falter, Junikäfer, Libellen, Heuschrecken und dergleichen hoch in die Lüfte – und so manche landete auch in meinem Mund.

Kulinarisch sind die meisten ja nicht zu empfehlen, was mich auch später davon abhielt, diese weiter zu jagen, aber zu Beginn meiner Jägermeisterschaft war ich über diese Beute stolz und glücklich. Das Mäusejagen hab ich erst viel später von Marie gelernt und in dem hohen Gras wär das auch gar nicht gegangen, dazu braucht man schon eine kürzere Wiese. Marie sagt immer Vegetation zur Wiese, aber im Prinzip ist das alles das Gleiche, nämlich nur Gras. Lediglich Rasen ist es keiner, denn der ist üblicherweise kurz geschnittenes Gras, was bei uns wirklich nicht oft vorkam.

Papa hatte wohl seinen ganz persönlichen Krieg mit dem Rasenmäher, denn wie ich sehen konnte, war in den Nachbargärten stets kurzes Grün vorhanden, während bei uns das Gras wucherte. Etwas später hat Papa dann das Wegemähen eingeführt, das heißt, er mähte nahezu wöchentlich – was ihn seltsamerweise auf irgendeine Art mit den Nachbarn verband – den Rasen, aber eben nicht den ganzen, sondern nur schmale Wege, die wir dann bequem begehen konnten und dennoch den Luxus von hohem Gras genießen durften. Ich lernte dieses hohe Gras lieben. Morgens, nach dem Aufstehen, wenn wir hinaus durften, ging ich zuerst immer die Wege ab und schaute, ob alles rechtens war, und ging dann mitten in den Grasdschungel und legte mich voller Entzücken darin nieder.

Ich schloss die Augen und hörte auf die Geräusche der Wiese und des Windes – und manchmal, je nach Windausrichtung, auch auf jene der Bundesstraße. Und natürlich schlief ich dabei auch regelmäßig ein. Und in meinen Träumen verschwammen die Stimmen von anderen Katzen mit den Rufen von Mama, die nach mir suchte und mich im hohen Gras nicht finden konnte. Mama hat das immer ganz fertiggemacht, wenn sie mich stundenlang – das behauptet sie zumindest – gesucht hatte und mich nicht fand und ich mich nicht meldete, obwohl sie angeblich ganz nahe bei mir vorbeigegangen war.

Was soll ich dazu sagen? Eine berühmte Katze hat dies einmal so zusammengefasst: Eine Katze ist eine Katze ist eine Katze. Wenn ich schlafe, dann schlafe ich, und wenn ich träume, dann träume ich.

Und eine andere hat unser Sein so beschrieben: Und wenn ihr uns ruft, hören wir nicht? Wenn ihr uns weckt, erwachen wir nicht? Wenn ihr uns schimpft, schmollen wir? Und wenn ihr uns findet, sollen wir dann nicht schnurren?

Aber eigentlich bin ich in meiner Geschichte schon wieder zu schnell zu weit gegangen.

Da sind wir dann also noch vor der Zeit der gemähten Wege und der Schläferstündchen in der Vegetation. Nämlich bei unserem ersten Ausflug an der Leine, als eine Katzenstimme, die ganz und gar nicht die von Marie war, an mein Ohr drang.

»Na, hallo, ihr zwoa Feschn. I hob schon gheart, dass do zwoa Neiche in mein Reviar san. Zwoa Zuagroaste aus da Stodt, is ma gsogt worn. Oiso schen, dass i eich do triff, do kaun i eich glei zoagn, wia weit mei Revia geht. Oba zeascht amoi griaß eich, neigts ma eichane Kepferl zum Nosnreiba.«

Verständlicherweise reagierten Marie und ich zunächst gar nicht, weil wir erstens das Gestammel nicht verstanden und zweitens auch den Umgang mit Fremden nicht gewohnt waren. Wir standen einfach nur da und starrten das Fellbündel an.

»Heast sats dorat? Oda reds ihr net mit an jedn?« Er stellte sich mit seinem Hinterteil zu uns, hob den Schwanz, rüttelte ihn und spritzte einen Strahl in unsere Richtung. Marie fuhr herum, fauchte ihn an, stellte ihren Pelz auf, und wenn sie nicht an der Leine gewesen wäre, hätte sie ihn gewiss schrecklich verprügelt, so ein Benehmen ging ihr entschieden zu weit.

Ich stellte meinen Pelz auch auf, aber ich erinnere mich, ich tat das wohl eher aus Verwirrung, denn eigentlich wusste ich gar nicht, was da vor sich ging und welche Einstellung ich dazu haben sollte. Nun, Marie war wie gewöhnlich der Situation gewachsen, denn der Eindringling mit dem seltsamen Dialekt erschrak bei ihrer heftigen Reaktion – so hatte sie das auch geplant. Er drehte sich abrupt um und lief davon.

Papa hatte alle Hände voll zu tun, um Marie wieder zu beruhigen. Sie grollte und fauchte in seine Richtung, vor lauter Entrüstung. So nahm unser erster Ausflug ein jähes Ende und wir mussten wieder ins Haus gehen. Marie und ich unterhielten uns noch lange über diese seltsame Begegnung und Marie war es, die die Fakten zusammenzählte und es auf den Punkt brachte. Der Kerl war ein Einheimischer, der nicht wusste, dass dies jetzt unser Revier war. Das würden wir ihm beim nächsten Mal klarmachen, auch ohne ungebührliches Urinverspritzen.

Der Eindringling kam in den folgenden Tagen immer wieder mal vorbei, wir konnten ihn vom Fenster aus beobachten, wie er seine Markierungen entlang des unvollständigen Zaunes setzte. Leider durften wir nur in den Garten, wenn Mama und Papa zu Hause waren und Zeit dafür hatten, denn sie mussten ja mit uns hinausgehen wegen der blöden Leine und der noch nicht fertigen Umzäunung.

So blieb uns nichts anderes übrig, als finster aus dem Fenster zu blicken und auf eine Gelegenheit zu warten, um mit dem Schurken Tacheles zu reden.

Ein paar Tage später war es dann auch so weit. Wir gingen an dieser dämlichen Leine ins Freie und schnupperten uns langsam durchs Gras.

Ach, wie sehr liebte ich von Anfang an diesen Geruch, und ich tu es auch heute noch. Wie könnte ich dieses Gefühl am treffendsten beschreiben?

Wäre ich jetzt nicht der, der ich geworden bin, sondern irgendein felloser Zweibeiner in der Pubertät, ich würde es so beschreiben: Eh, es flasht mir die Birne, Alter!

Jetzt bin ich aber schon so lange mit Marie zusammen, und ihre feine, gebildete Art, sich auszudrücken, hat, ohne dass ich es wollte oder auch nur ein wenig selbst dazu beigetragen hätte, auf mich abgefärbt. Deshalb kann ich meine Gefühle zu dem von mir geliebten Geruch nun wie folgt in Worte fassen: Gefangen im süßen Duft der Blüten, Blätter und Gräser erinnert sich meine Seele an die weite Unvergänglichkeit des Seins. – Marie wird sich anmachen, wenn sie den Satz liest!

Nicht allein die Vegetation war es, die es mir angetan hatte. Es roch nach so viel mehr. Nach anderen, mir damals noch unbekannten, Geschöpfen. Zum Beispiel Ameisen. Davon leben unzählige in den Wurzeln der Gräser, manche tun auch weh, wenn sie einem durch das Fell klettern, was sich hundsgemein beim kleinen Schläfchen auswirkt.

Schmecken tun sie alle nicht. Auch die meisten Käfer nicht. Würmer sind sogar ekelerregend. Und da fällt mir ein, Jahre später hab ich sogar mal eine Kröte im Mund gehabt, das war echt übel, ich würd keiner Katze raten, das auszuprobieren. Ich hab stundenlang nur gespuckt und Schaum vorm Mund gehabt. Papa hat mich kotzend gefunden und mir dann Kamillentee zum Spülen eingeflößt, das hat ein wenig geholfen.

Aber zurück zum Thema. Ich bin ja schon immer etwas sprunghaft gewesen. Ohne Abweichungen schaffe ich eine zeitliche Abfolge wohl selten. Da mach ich doch gleich eine Tugend draus und nehm was vorweg, was eigentlich erst später käme. Nämlich dieser Kerl, dieser Kater. Später hat er von meinen Menschen den Namen Kurti bekommen, ob ihm selbst das jemals klar war, weiß ich nicht. Er war so ein Grau-Weißer, besser gesagt, er war weiß mit grauen Flecken drinnen. Obwohl, weiß ist das, was ich im Fell habe. Seins war sehr schmutzig und daher eher drecklich gelblich weiß mit staubig grauen Flecken drinnen. Er hatte ein grünes und ein blaues Auge und seine zerfetzten Ohren waren wohl ein Zeichen seiner vielen Auseinandersetzungen. Sein Stimmchen war ein sehr zartes, noch viel zarter als meines, mit einer sehr hohen Tonlage, und, wie ich feststellen musste, bei Menschenohren kam sein Gesäusel auch recht gut an.

Wir waren also gerade beim Grasen und Schnuppern an der Leine, als uns von hinten dieser Kurti mit seinem Innviertelbayrisch anquatschte.

»Griaß eich, hobts heit wieda Gassi-Gassi. I kum a weng auf Bsuach zu eich. Gibt's wos zum Essn? Soll i ins Haus geh und schaun, oder bringan mia eichane zwoa Leit was aussa?«

Marie legte ihre Stirn in Falten und knurrte leise. Ohne zu übertreiben kann ich sagen, dass ich mich als Erster gefasst hatte. Ich versuchte, mich gewählt auszudrücken.

»Hallo Nachbar. Ich versteh nicht alles, was du sagst, aber das mit dem Essen schaut schlecht aus, wir haben selbst grad mal so zum Überleben.« Gut, dass Katzen nicht rot anlaufen können, aber beim Thema Essen war mir nicht nach Teilen zumute.

»Ah wos, ihr zwoa hobts a Waumpn bis auf de Erd obi und kinnts eich nimma söba den Oarsch leckn. A so was gieriegs hob i ma net vun eich denkt.«

Marie war betroffen. Wenn sich das mit der Gier herumspräche ... nein, so sollten die Landbewohner nicht von ihr denken. Aber sie wollte auch mich nicht bloßstellen und mich der Lüge bezichtigen. Den Bruchteil einer

Sekunde überlegte sie, dann kräuselte sie die Oberlippe und mit angewinkelter Vorderpfote trällerte sie ihm entgegen: »Ja weißt du, junger Freund, so einfach wie du dir das in geistigem Acryl ausmalst, ist das nicht. Wir sind selbst nur zur Sommerfrische hier und wissen noch gar nicht, wie lange wir bleiben werden, und wir möchten unsere Gastgeber in ihrem Wohlwollen wahrlich nicht über die Maßen strapazieren. Aber ich versichere dir, in nachbarschaftlicher Hilfe und bei passender Gelegenheit ein gutes Wort für dich bei der Beseitigung von Restabfällen einzulegen.« Sie wandte ihm den Rücken zu, für Marie war das Gespräch beendet und die Hierarchie hergestellt.

Kurti war verwirrt, und mit einem geflöteten »Na freilich, also dann pfiats eich, ihr Tuchatkuschler!« entfernte er sich.

Ma und Pa zerflossen bei seinem zweifarbigen Augenaufschlag und seinen himmlisch freundlichen Gesangsvorführungen. Ich habe keine Ahnung, ob sie verstanden, worum es in der Unterhaltung ging, aber von da an bekam Kurti immer, wenn er auf Besuch kam, vor dem Haus eine Schüssel mit gutem Essen – von wegen Restabfälle!

Wir gewöhnten uns schnell an das neue Haus, an die Spaziergänge im Garten, die größere Fläche, die wir im Haus für unsere Spiele zur Verfügung hatten, den schönen Holzboden, auf dem ich beim Laufen, vor allem in den Kurven, gelegentlich ausrutschte, an die Helligkeit der Räume durch die riesigen Fenster, die nicht nur das Tageslicht hereinließen, sondern auch den Mond nicht ausschlossen, was bei Vollmond zu manch schlaflosen Nächten führte. Die kleineren Fenster, die auch zum Öffnen gedacht waren, hatten außen ein feines Gitter, das uns daran hinderte, einen Sprung in den Garten oder vor das Haus zu wagen. Dennoch saßen wir, wenn die Fenster geöffnet waren, sehr gern auf dem Fensterbrett. Wir beobachteten die Vögel, die ganz genau wussten, dass das Gitter für sie den Effekt hatte, nicht gejagt werden zu können. Dass sie zu diesem Zeitpunkt auch ohne Gitter vor mir sicher waren, konnten sie nicht wissen.

Kurti hatte ebenfalls seinen Spaß mit dem Gitter.

»Griaß eich, Tuchatkuschler. Na, heit gar net Gassi-Gassi mochn?«

Marie knurrte ihn aus tiefster Seele an und verließ dann immer gekränkt das Fenster. Wäre das Gitter nicht gewesen, wäre sie ihm an die Gurgel gegangen, und ich bin davon überzeugt, dass sie nicht mehr losgelassen hätte.

Ich fand ihn gar nicht so unmöglich, manchmal sogar witzig, und an seinen landlebischen Dialekt hatte ich mich auch schnell gewöhnt.

Ich erfuhr von ihm, dass er ursprünglich gar nicht von hier war, dass er mit einem Auto kam und von den Menschen, die ihn als Kleinkätzchen zu sich nahmen, hier in der Gegend ausgesetzt wurde und dass er sich so recht und schlecht von Haus zu Haus durchschlug. Er lehrte mir auch ein paar landlebische Ausdrücke, wie Blechbixnfuata oder Hauskatzlschwoaf. Und in seinem freundlich klingenden Himmelsgesang war dieser Dialekt echt zum Schreien.

Marie sah das ganz anders. Sie meinte, seine Tonlage sei die eines kasachischen Schäferhundes beim letzten

Abendmahl, dass er ein blödes Landei, ein unkastrierter Bauernbursche und ein ungehobelter Rowdy sei.

Als die Zeit der Kälte und des Frostes begann, wurde Kurti dann auch mir unangenehm. Natürlich war ihm klar, dass es bei uns drinnen schön warm und er kein Mitglied dieser Familie war. Das konnten auch die täglichen Essensgaben vor dem Haus nicht ändern.

Wir waren da aber alle vier unerbittlich, er durfte nicht ins Haus.

Kurti war darüber manchmal so verärgert, dass er mit seinen Pfoten gegen das Fenstergitter schlug, um auf sich aufmerksam zu machen, oder er hängte sich als Ganzes mit seinen Krallen ans Gitter und jammerte erbärmlich. Da tat er mir dann doch leid. Aber Marie war strikt dagegen, dass wir ihn aufnahmen; sie meinte, sie habe mit mir schon einmal einen Fehler gemacht, das würde ihr kein zweites Mal passieren.

Mitunter ging sein Gejammer über Stunden, was auch bei geschlossenem Fenster zu hören war, und manchmal nachts, während wir im Bett lagen, warf er sich plötzlich gegen das Gitter des Schlafzimmerfensters, sodass wir aus dem Schlaf gerissen wurden.

Das Schrecklichste allerdings war, dass er begann, gegen die Haustür und die Fenster zu markieren. Und das war dann auch mir zu viel.

Ich kenn mich ja nicht so gut mit Psychologie und so einem Zeugs aus. Aber eines Morgens, als die Fenster zum Lüften geöffnet wurden und sein Uringeruch ins Haus drang, sprang ich aufs Fensterbrett, hob meinen

Schwanz und markierte einfach zurück – durch das Gitter nach draußen.

Marie hat mir dabei zugesehen, ihre Augen waren starr und riesig, der Rücken gebogen und das Fell borstig aufgestellt, ihr buschiger Schwanz ragte in die Höhe, und ich kann beschwören, dass ihr so etwas wie »Do legst di nieda!« entfuhr.

Wir waren beide sehr überrascht, ich hatte so etwas noch nie zuvor getan, ich wusste auch gar nicht, dass das gehen würde, wo ich doch dahinten nicht mehr alles dran hatte.

Ich hab es dann immer öfter gemacht, ganz gezielt; wenn Kurti von außen gepisst hat, hab ich von innen dagegengepisst. Und ich glaube, ich war der Einzige, der das toll fand.

Ma und Pa machten sich ziemliche Vorwürfe, dass sie mit dem täglichen Essen zu weit gegangen waren und ihn zu sehr ans Haus geprägt hatten; sie wussten aber nicht, wie sie das wieder ändern sollten.

Sie begannen, Kurtis Futter zu reduzieren und auf Trockenfutter umzustellen. So sollte es zwar für ihn eine Notration sein, aber nicht so viel und so gut, dass er sich nicht auch noch woanders nach Essen umsah. Und es hat auch geklappt. Eines Tages hatte er plötzlich eines dieser grässlichen Flohbänder um den Hals. Unser Gewissen war erleichtert. Es schien, als hätte er in einem Haus Unterschlupf gefunden. Seine Besuche wurden auch rarer. Und irgendwann blieb er dann ganz weg.

Und ich weiß ganz genau, dass letztendlich ich es war, der ihn vertrieben und unsere Familie beschützt hatte. Ich hatte für uns die Grenzen verteidigt.

Wenn ich jetzt so darüber nachdenke, war vielleicht das der Punkt, an dem Marie anfing, sich über mich wirklich zu ärgern.

Ich hab das Markieren weiterhin betrieben, auch nachdem Kurti schon lange nicht mehr zu Besuch kam.

Immer dann, wenn ich etwas wollte und dem meiner Meinung nach Nachdruck verliehen werden musste, hab ich halt irgendwohin markiert.

Paradies

Die Zeit des Frostes ging vorüber und mit den wärmer werdenden Tagen wurde schließlich auch der Zaun fertiggestellt. Den ganzen Winter lang waren wir nicht außer Haus gewesen. Plötzlich war es so weit, die Wintergartentür, die hinaus in den Garten führte, öffnete sich und wir durften ins Freie, und das noch dazu ganz ohne Leinenzwang.

Natürlich war es beim ersten Mal mit etwas Angst verbunden. Angst wovor? Das weiß ich nicht mehr, es war nichts Konkretes, es fehlte mir ja auch die Erfahrung von tatsächlichen Bedrohungsszenarien. Es war einfach das Neuland, das Unbekannte. Ich ging also raus, und nach wenigen Metern machte ich kehrt und lief wieder ins sichere Haus zurück. Marie tat das Gleiche, und schließlich, ein paar Minuten später, versuchten wir es noch mal, um bald darauf wieder in Deckung in den Wintergarten zu fliehen. Nach einigen Versuchen hatten wir unsere größten Ängste überwunden und begannen die nähere Umgebung der Terrasse Richtung Grundbegrenzung zu untersuchen.

Es war auch tatsächlich gar nicht so leicht und problemlos, denn an natürlicher Deckung wie Büschen oder Sträuchern fehlte es zu diesem Zeitpunkt noch im Garten. Na ja, es fehlte nicht wirklich, sie waren schon da, aber noch so winzig, dass sie keinen Schutz bieten konnten. Und zu Beginn des Frühlings war außerdem das Gras noch niedrig, dafür war die Wiese übersät mit gelb blühenden Blumen, auf denen sich Bienen und Hummeln tummelten.

Lange hat unser erster richtiger, leinenloser Gartenausflug wohl nicht gedauert, ich kann mich nicht mehr so genau daran erinnern. Vermutlich sind wir auch von selbst bald wieder hineingegangen, weil die Flut von Eindrücken uns ein wenig überforderte und ermüdete.

Glücklicherweise ging es von da an ständig ins Freie, wenn zumindest eine der Aufsichtspersonen zu Hause war. Ständig stimmt nicht ganz, denn es musste sich um hellen Tag handeln, nachts mussten wir drinnen bleiben.

Das passte mir gar nicht.

So wie damals die Büsche noch klein waren, waren es auch die Bäume. Mickrige Dinger mit schmalen Stämmen, die beim Krallenschärfen beinahe kaputtgingen.

Erfreulicherweise waren wir darauf nicht angewiesen, denn wir hatten bereits in der alten Wohnung gelernt, wie man sich am besten die Krallen pflegt. Auf weichen Vollholzmöbeln, da fallen die Späne so schön runter, oder auf dicht geknüpften Teppichen, und am allerliebsten hab ich es auf Sofas gemacht.

Die Couch von der Wohnung haben die zwei leider nicht mitgebracht ins neue Haus, sie haben diese durch ein – im wahrsten Sinne des Wortes – nigelnagelneues Sofa ersetzt. Das musste ich mir erst herrichten zum Nägelschärfen. Allerdings, nach dem ersten Winter im Haus, wo es sich noch etwas gewehrt und gespießt hat, funktioniert das Krallenwetzen jetzt ganz gut. Gegenwärtig hängen bereits viele Fäden vom Couchbezug herunter und das Innere lässt sich mit ein bisschen Geschick auch rausziehen.

Mittlerweile sind unsere Bäume schon groß geworden und taugen nicht nur zum Daraufherumklettern, sondern auch zum Nägelkratzen. Nun schärf ich mir bei Gelegenheit auch draußen die Krallen, aber so richtig nett finde ich es nach wie vor nur am Sofa. Ich bin schließlich kein Naturfanatiker und kann auch die Annehmlichkeiten der Zivilisation genießen.

Ein Highlight in unserem Garten ist der schöne Teich mit dem Schilfgürtel. Am Anfang war es mehr ein Schilfbändchen und ich konnte ungehindert und mit trockenen Pfötchen meinen Durst mit Teichwasser löschen. Das mache ich auch heute noch gerne, ich kann halt wegen dem vielen Schilf nicht mehr so einfach überall zum Teichrand hingehen. Der Einfachheit halber und weil ich nicht ins Nass steigen will, mache ich das jetzt vom schilffreien Badeeinstieg aus. Das muss ich erklären: Es handelt sich dabei um Steinstufen, die ins Wasser führen, und die sind gedacht für Menschen, die ganz hineingehen wollen in den Teich. Ich hab es beim ersten Mal auch nicht gleich glauben wollen, aber die tun das tatsächlich und im Sommer fast jeden Tag. Der Mann ist besonders verrückt danach. Zusätzlich zum Badeeinstieg geht vom Wohnzimmer eine kleine Holzterrasse direkt über das Wasser, und da springt er gerne mal hinein, einfach so zum Spaß. Anfangs hatten Marie und ich noch Bedenken, dass die beiden vielleicht nicht mehr rauskämen und absaufen würden, aber bis jetzt ist alles gut gegangen und wir sind zuversichtlich, dass sie es auch weiterhin immer wieder ans Ufer schaffen werden.

Da fällt mir auch wieder ein, was mir Marie in unserem ersten Gartenjahr – im Namen der Wissenschaft – angetan hat. Sie hat gerne Sachen beobachtet und dann selbst ausprobiert, ob das bei ihr auch so funktioniert. Feldforschung nannte sie das.

Ein harmloses Beispiel dafür war die Dusche und der dazugehörige Abfluss. Es faszinierte sie, wie das Wasser darin einfach verschwand. Sie hat sich das lange angesehen, und eines Tages hat sie sich zum Abfluss gestellt und hingepinkelt und hat zugesehen, wie ihr Lulu den Abfluss runtergeronnen ist.

Das war ein harmloses Beispiel. Ein äußerst gefährliches sah so aus: Sie hat immer beobachtet, wie die Menschen in den Teich sprangen und wieder herausgeklettert sind. Und eines Tages, ich stand wie des Öfteren auch am Rand des Steges und sah einfach nur süß aus, da schubste sie mich und ich fiel über den Rand ins Wasser.

Keine Ahnung, wie ich wieder raufgekommen bin auf die Terrasse, aber ich hab es irgendwie geschafft. Ich sah aus wie eine Ratte, mit ganz dünnem Schwanz, und mein sonst flauschiges Fell ist schlaff an meinem Körper geklebt; mein Kopf war aber trocken geblieben. Irgendwie hat sich der an der Oberfläche gehalten. Marie meinte, dass das mit der Luftblase in meinem Kopf zusammenhing.

Ob für Maries Forschungen das Ergebnis brauchbar war, weiß ich nicht.

Ein paar Wochen später hab ich sie auch vom Steg geschubst, so waren wir wieder quitt. Schwanz drüber.

Darüber hinaus ist der Steg auch wirklich sehr nett. An lauen Sommerabenden kann es vorkommen, dass wir zu viert, mit einem Flascherl Wein – also Marie und ich haben nichts getrunken –, auf der kleinen Holzterrasse über dem Teich sitzen und uns die Sterne ansehen. Und die Glühwürmchen. Und die Fledermäuse, wie sie im Flug jagen. Und die Libellen, wie sie schlüpfen. In ganz seltenen Nächten haben wir sogar am Steg geschlafen. Ma und Pa haben eine große Matratze aufgelegt und die Bettsachen geholt und wir haben zu viert auf der Matratze geschlafen unter dem Sternenhimmel. Und wenn ich eine Sternschnuppe sah, hab ich mir immer gewünscht … das darf ich jetzt nicht preisgeben, ich will ja, dass es in Erfüllung geht.

In unserem Garten gibt es aber nicht nur einen Teich, Bäume, Büsche und Gras, sondern auch noch einen Berg. Genauer gesagt einen aus Windschutzgründen aufgeschütteten Erdwall, auf dem oben Bäume und jeweils zu den Seiten Büsche gepflanzt sind. Von da aus habe ich einen herrlichen Überblick über den Garten und das Haus. Der Wall gehört zu meinen Lieblingsplätzen. Da lag ich von Anfang an sehr gerne, leicht versteckt unter den Büschen. Zur Blütezeit der reichlich in verschiedenen Farben vorhandenen Pfingstrosenstöcke liege ich in deren Dickicht, genieße mein Dasein und den betörenden Duft der schweren Blüten. Der Platz eignet sich auch hervorragend zum Versteckenspielen.

Früher spielte ich dort mit Marie Nachlaufen und Anfallen, was anfangs auch für sie noch lustig war, später aber zu gewaltigen Auseinandersetzungen führte, wenn sie keine Lust dazu hatte oder ich zu grob war.

Und natürlich hab ich auch alles markiert. Das Haus, den Zaun, also die Begrenzung, sowieso, aber auch viele Gewächse und manch schönen Stein.
Meins. Meins. Meiiiiiiiiiiiiiins.

Marie hatte sich seinerzeit das Jagen nicht nur selbst beigebracht, sondern es auch innerhalb kürzester Zeit perfektioniert. Sie legte die Mäuse meistens vor die Wintergartentür oder auf der Terrasse ab. Pa und Ma haben sie dann immer wahnsinnig gelobt und anschließend die toten Mäuse vergraben.
Ich glaub, gegessen haben sie nie eine Maus. Auch Marie nicht. Aber vielleicht hat Marie auch einmal eine probiert und die hat ihr nicht geschmeckt und dann hat sie es halt einfach gelassen. Ich hab damals selbst einmal eine von den Mäusen probiert, die Marie gebracht hat. Ich hab lange dran rumgelutscht, bis sie ganz nass war und schon recht grauselig ausgesehen hat. Dann hab ich sie wieder aus dem Mund fallen lassen und zur Beerdigung freigegeben. Damals konnte ich mich einfach noch nicht überwinden, hineinzubeißen.
Ist schon lustig, was man rückblickend so alles gemacht oder nicht gemacht hat.

In jenem Sommer ist etwas sehr Eigenartiges geschehen. Es war helllichter Tag, Sonnenschein, ich lag gemütlich am Wall und hatte alles im Überblick, als ich sah, wie Schatz und Liebes aufs Dach stiegen und es sich dort gemütlich machten. Ich winkelte meine Vorderpfoten unter der Brust ein und rückte mich in meiner Position gerade, damit ich mich besser auf das Geschehen konzentrieren konnte. Die zwei saßen einfach nur so am Dach und schauten in die Gegend und vor allem in die Luft. Nach einiger Zeit huschte ein riesiger Schatten über meine Welt und verdunkelte den ganzen Garten. Merkwürdig still wurde es plötzlich. Kein Vogelgezwitscher. Ich schloss die Augen, drückte mich fester auf die Erde, es schien, als würde etwas Unheimliches von oben kommen. Nach ein paar Minuten war diese Stille wieder vorbei, die Vögel begannen erneut zu lärmen, das Licht kehrte zurück und das Dach war wieder leer, so wie es sein sollte. Marie hat mir abends im Bett erklärt, dass es sich um eine Sonnenfinsternis gehandelt hatte und dass die nächste wieder im Jahr 2081 stattfinden würde. Bin schon gespannt darauf.

Allzu schnell verflog die Zeit der Hitze und der Wärme und es wurde wieder kälter. Den vorangegangenen Winter durften wir noch nicht bei Schnee hinaus, das war wegen dem Leinenzwang zu kompliziert, aber dieses Mal war die weiße Pracht für uns freigegeben. Zumindest meistens. Zu Beginn des Frostes dauerte es ein wenig, bis die Nächte so kalt waren, dass sich eine dichte Eisschicht über den Teich legte. Ich liebte die Spaziergänge am Eis. Mama hatte immer schreckliche Angst, dass ich einbrechen könnte, und so hat Papa immer zuerst probieren müssen, ob das Eis ihn aushalten würde, bis sie mich hinausgelassen haben. – Als würde ich sein Gewicht auf die Waage bringen.

Außer dem Spaß am Teich mochte ich den Winter nicht sehr, der Schnee klebte zwischen den Ballen und im Fell, war eiskalt und schlecht abzuschütteln.

Darum verlegte ich in dieser Zeit meine Schläferchen prinzipiell vor den Ofen, diesem herrlich heißen Gerät mit einsichtiger Flamme. Ich habe sogar eigens einen Ofenpolster dafür bekommen. Einen schönen runden, gelben, auf dem hat sich mittlerweile schon mein Körperabdruck als dunkle Kuhle eingeprägt.

So habe ich die Zeit bis zum nächsten Frühling gut herumgebracht, und sobald der Schnee weg war und das Gras von Neuem zu wachsen und zu riechen begann, stellte sich auch wieder das alltägliche Glück in meinem Paradies ein.

Tagsüber in den Garten, im Gras wälzen, Nickerchen im Freien, markieren, was das Zeug hält, und wenn ich ins Haus musste, hat Mama meinen Namen gerufen.

Meistens bin ich aber nicht gekommen, da hat sie mich suchen müssen, weil es so schön draußen war und ich noch ein paar Minuten Verlängerung haben wollte.

Den Garten habe ich bald in- und auswendig gekannt, es fehlte nur noch, dass ich mich mit den Vögeln duzte.

Mäusejagen war nicht meines, so vor einem Loch sitzen, wo doch ohnehin nichts rauskam, das war mir zu langweilig. Und so wurde auch der Garten, obwohl ich ihn sehr, sehr liebte, ein klein wenig faaaaaaaaaaaaaaaad.

Über dem Zaun …

… da muss die Freiheit wohl grenzenlos sein – hat mal eine Katze in den Siebzigern gedichtet, und deren Mensch namens März oder April oder so ähnlich hat dann ein Fliegerlied daraus komponiert, das recht berühmt geworden ist. Kann mich aber gerade nicht an den Namen der Katze erinnern, müsste ich Marie fragen, die ist in geschichtlichen Fragen ja sehr bewandert. Schläft aber gerade und ich will sie gar nicht wecken.

Ich habe mich immer schon sehr dafür interessiert, ob es denn nach dem Zaun auch noch ein Leben gibt und wie das so funktioniert. Mich hat der Gedanke auch gar nicht mehr losgelassen, und so bin ich einfach mal über die Einfriedung geklettert und drüben am Feld entlangspaziert.

Mama hat fast der Schlag getroffen, als sie mich vom Küchenfenster aus da drüben herumlaufen sah. Papa hat mich hereingeholt und geschimpft und gesagt, dass ich das nicht tun dürfe.

Ich bin am nächsten Tag gleich wieder hinüber, hat der mich noch viel mehr geschimpft. Ich, nach dem Hausarrest, am übernächsten Tag gleich wieder hinüber, er wieder geschimpft und so weiter.

Papa hat sich dann Strafen ausgedacht, weil er hoffte, dass ich mir das vielleicht so merken würde. Hat aber nichts geholfen, weil ich solch einen inneren Drang hatte, diese Begrenzung zu überwinden, den konnte ich gar nicht abstellen, selbst wenn ich das gewollt hätte.

Einmal ist Papa, quasi als Strafmaßnahme, mit mir sogar eine Runde mit dem Auto durch die Gegend gefahren. Das sollte eine Art Abschreckung sein, er wollte wohl, dass ich Angst habe.

Hatte ich aber nicht, ich wusste ja, dass er einen Führerschein hat und dass er immer, wenn er mit dem Auto wegfährt, auch wieder zurückkommt.

Ein anderes Mal ist er mir auf das Feld nachgelaufen und hat mir einen Kübel Wasser übergeschüttet, damit ich einen Schock bekomme und mir das merke.

Geschockt war ich tatsächlich, aber eigentlich hat er eh nicht richtig getroffen, und mit dem Merken war das so eine Sache bei mir. Aber ein paar Tage hat es doch angehalten, weil ich mir vorgestellt habe, wenn er das noch mal macht und trifft mich voll und irgendwer sieht das – da hätte ich mich dann aber schon schön geschämt.

Muss ja niemand wissen, dass ich bei einem so verrückten Mann wohne.

Und wenn die Strafen was genützt hätten, vielleicht wäre ich dann auch längere Zeit nicht über den Zaun geklettert. Aber so, einmal, eines Nachts, ich weiß nicht mehr genau warum, aber angeblich war ich recht lästig – so nennt Mama es, wenn Sie keine Lust hat, meine Wünsche und Bedürfnisse in der Art zu befriedigen, wie ich das für richtig halte. Meist handelt es sich dabei ohnehin nur um Mindestanforderungen, die bereits in der sogenannten Kämpferkonvention, oder so ähnlich, festgehalten sind. Marie hat mir davon erzählt, sie ist ja auch politisch recht gebildet.

Aber damit ich mich nicht verzettle, und jetzt geht's halt auch einmal nicht um Marie, sondern um meine Wendigkeit, erzähl ich weiter.

Also, eines Nachts, meine beiden Menschen waren schon etwas genervt und eigentlich durften Marie und ich nachts nicht mehr raus – warum weiß ich auch nicht, aber sie hatten das immer damit begründet, dass wir anständige Wohnungskatzen seien und nur tagsüber kontrolliert in den Garten dürften.

Pah, kontrolliert, wenn die wüssten, was sich da so alles abspielt, würden sie solche Worte nicht mehr so ohne Weiteres in den Mund nehmen beziehungsweise rauslassen.

Rauslassen wollten sie uns auf alle Fälle gar nicht mehr, aber ich wollte halt so unbedingt noch, es war an dem Abend einfach fad drinnen, und ich hab ja schon gesagt, dass ich manchmal so einen Drang hab, irgendwas zu tun, wie das mit dem Zaun. Also hab ich versucht klarzumachen, dass ich rausmuss, unbedingt, auf alle Fälle, und zwar sofort.

Aber sie kannten wohl die Kämpferkonvention nicht so gut wie ich, und so musste ich meiner Mindestforderung, wenn ich wollte, auch nachts rausgehen zu dürfen, etwas Nachdruck verleihen, und so hab ich einfach ein paar Sachen, die ohnehin nur herumstanden, und keiner weiß warum, vom Regal auf den Boden geschubst. Hab geschimpft bekommen, aber niemand hat mir die Tür aufgemacht, so hab ich halt vor der Tür am Boden herumgekratzt; hab ich geschimpft bekommen, so hab ich halt die Marie von ihrem Schlafplatz vertrieben und ihr eine gelöffelt – eh nur ganz leicht, aber die versteht halt manchmal gar keinen Spaß. Da hat mir Mama eine gelöffelt, eh nur ganz leicht, aber ich versteh halt manchmal auch keinen Spaß, hab ich auf das Sofa gepinkelt, hat Mama endlich verstanden und mir die Terrassentür aufgemacht und ich bin in die Nacht hinaus.

Liebes hat mir noch was nachgerufen, so was wie »Nur kurz und dann wieder reinkommen!«, hat mich aber nicht interessiert, weil, wie gesagt, auch der Spaß hat mal ein Ende.

Ich hab mich dann ein wenig im Garten herumgetrieben und in die Mäuselöcher hineingerochen, im Gras gewälzt und in den Himmel geschaut. Mama hat mich gerufen, »Fredi, reinkommen!«, da habe ich mich ganz ruhig verhalten, und Papa habe ich mit der Taschenlampe herumlaufen gesehen, da habe ich mich ganz flach ins Gras gedrückt. Irgendwann war dann Ruhe und ich begann langsam müde zu werden, und vor allem hungrig, also ging ich Richtung Haus zurück.

Da kam ich doch blöderweise bei der Stelle am Zaun vorbei, wo ich immer hinüber bin, und hab mir gedacht, dass mich niemand nachts sieht, wenn ich über die Einfriedung gehe, und während ich das so dachte, war ich auch schon drüben.

Ich kann mich gar nicht genau erinnern, wie ich rüber bin, es war sozusagen im Affekt, also so, dass ich nicht schuld daran war.

Es war auch ganz anders als tagsüber. Ich wollte eigentlich wieder zurück, doch ich setzte mich wie von selbst in Bewegung. Die Richtung war mir egal, weil ich ohnehin kein Ziel hatte und eh gleich wieder zurückwollte; wie gesagt, ich war müde und es fehlte mir langsam eine Kleinigkeit zu essen und das Bett.

Die Gelegenheit eines nächtlichen Ausflugs wollte ich mir jedoch auf keinen Fall entgehen lassen, und so beschloss ich, zumindest ganz kurz, ein Nickerchen im Gras zu machen und dann meinen Spaziergang fortzusetzen. Nach Hause könnte ich anschließend immer noch gehen, so ein Haus läuft ja nicht weg.

So bin ich dann auch friedlich, mit dem sicheren Wissen um meine Tapferkeit und Kühnheit, in freier Natur, nachts, eingeschlafen.

Das Erwachen war ein schöner Schock. Also diese Umgangssprache hat auch ihre Tücken – schön ist schon was ganz anderes, aber so sagt man halt zu was Gewaltigem. Der Grund meines Erwachens war, dass etwas an mir herumgeschnuppert hat, es war größer als ich, mit spitzer Nase und mit riesigem buschigen Schwanz, da bin ich im Halbschlaf aufgesprungen und weggerast und erst wieder nach vielen Minuten und als ich völlig außer Atem war, vor einem großen Haus stehen geblieben.

Erst da habe ich gemerkt, dass es schon ein wenig hell zu werden begann und dass dieses Haus nicht mein Haus war.

Ich habe mich zweimal im Kreis gedreht und mich umgesehen, aber ich konnte mein Haus nicht sehen, auch nicht den Zaun.

Spucke kam aus meinem Mund, vor lauter Aufregung. Gewürgt hat es mich und wenn ich was im Magen gehabt hätte, wäre es bestimmt wieder rausgerutscht, aber so hab ich halt nur Schaum gespuckt.

Ich erinnere mich nicht gerne an diesen Moment zurück, er war beinahe schlimmer als all die anderen Momente, an die ich mich erinnern konnte. Ich fühlte mich verloren. Und was noch schrecklicher war: Ich konnte niemanden für diese Situation verantwortlich machen, es war meine Schuld. Warum war ich nur über den Zaun geklettert, warum war ich überhaupt nachts aus dem Haus gegangen, obwohl ich das als anständige Katze eigentlich gar nicht sollte!

Nachdem ich ausgespuckt hatte, versuchte ich mich zu konzentrieren.

Ich war vor einem Haus, das Haus war nicht mein Haus, aber soviel ich über Häuser wusste, wohnten dort Menschen. Ich wusste, Menschen hatten Essen. Und nachdem mein letztes Abendmahl – ich kenn den Begriff auch aus einem anderen Zusammenhang, aber das sollte uns jetzt nicht stören – schon etwas länger her war, fühlte sich mein Magen wie ein großer leerer Sack an, der unbedingt gefüllt werden sollte. Also wollte ich das Beste aus meiner Lage machen und zuerst einmal nach etwas Nahrung fragen, bevor ich mich auf den Weg zurück zu meinem Eigenheim machen würde.

Mama würde bestimmt schon auf mich warten.

Auf der Suche nach dem Eingang des Anwesens schlich ich um das Gebäude herum. Merkwürdig, dass das Gras hier so hoch war, dachte ich. Ich musste, auch wenn mir eigentlich dazu gar nicht zumute war, grinsen. Vegetation hätte Marie zu dem meterhohen Gestrüpp gesagt, und Papa wäre mit seinem Rasenmäher ausgerückt und hätte damit einen Weg durch den Dschungel geschlagen.

Es gab wohl eine Eingangstür, aber die war von einem rot blühenden Gebüsch zugewachsen, dessen Duft ich als sehr angenehm in Erinnerung habe. Ich versuchte an einer Blüte zu riechen und griff mit meinen Pfoten nach ihr. Schnell zog ich sie zurück, das Gebüsch hatte Dornen und ich genug von ihm.

Ich ging weiter ums Haus herum. Es war nicht groß, die Farbe, die es einmal hatte, war wohl Gelb gewesen, sie war nur mehr an einigen Stellen unter dem Dachvorsprung vorhanden. Der Rest war entweder mit dem Putz abgefallen oder durch die Sonne, den Wind oder durch den Regen verschwunden und vom sich dort breitmachenden Moos verdrängt worden. Die Fenster waren teilweise mit Holz verschlagen. Bei einem Fenster auf der Vorderseite des Hauses, gleich neben der Eingangstür, die von Rosen umwuchert war, fehlten allerdings das Holz und auch das Glas. Ein leeres viereckiges Loch klaffte in der Mauer. Merkwürdig war auch, dass lauter Müll im Garten herumlag. Ein halbes altes Fahrrad, eine kaputte Duschtasse, verschiedene Holzteile, die wohl einmal Einrichtungsgegenstände waren.

Seltsamerweise roch es nach Katze. Im ersten Moment erschrak ich bei diesem Geruch, doch nach kurzem Überlegen sicherte mir dieser unverkennbare Duft zu, dass die Menschen im Haus, wenn sie eine Katze hätten, auch Katzenfutter aufbewahrten und dass ich wohl mit Argwohn von Seiten der hiesigen Felidae zu rechnen hätte. Aber wenn ich meine Notlage erklären würde, könnte ich bestimmt eine kleine Portion zur Stärkung auf meinem Weg abbekommen.

Ich müsste nur freundlich sein und klarmachen, dass ich ohnehin wieder weggehen würde.

Mama wartete bestimmt schon auf mich. Oder vielleicht sollte ich auf »armes verhungertes Streunerkätzchen« machen und das Mitleid der ansässigen Katze erregen?

Plötzlich fiel mir ein, wie ich mich Kurti gegenüber verhalten und ihm gar nichts vergönnt und ihn letztendlich vertrieben hatte. Diese Erinnerung ließ meine Chancenberechnungen gegen null sinken und bereitete mir außerdem ein sehr, sehr schlechtes Gewissen.

Okay, das mit Kurti war nicht richtig gewesen, das sah ich jetzt, wenn auch spät, ein. Ich würde aber in Hinkunft, aufgrund meiner jetzigen Erfahrung, anders handeln. Sozusagen im Tausch gegen ein Frühstück in der Gegenwart. Aber mit wem handelt Katze so etwas aus? Ich war ja nun so gar nicht religiös und wusste nicht einmal, wen Katzen so anbeten. Aber ich glaubte an Energie, an die allumfassende mächtige Energie. Also schickte ich mein Versprechen ins All hinaus.

Und während ich für das Universum eine demütige Geste mit ganzem Körpereinsatz ausführte, sprang mir etwas in den Rücken, drückte mich zu Boden und ließ mich laut aufschreien.

Zuerst dachte ich, das Universum schlägt zurück, dann vergegenwärtigte ich mir wieder dieses Tier mit der spitzen Schnauze, und da mir keine passendere Reaktion einfiel, fing ich an zu wimmern und zu weinen.

Da ließ dieses Etwas los und baute sich vor mir auf. Eine mächtige Tigerkatze, ein Kater; der Geruch hatte ihn bereits vorher angekündigt: ungepflegtes Fell, zerfetzte Ohren, und auch wenn er mächtig wirkte, so hoben sich doch seine Rippen deutlich von seinem Pelz ab.

»Hey, du Kistlbrunzer, was heulst du hier herum? Ich hab dich doch noch gar nicht gebissen!«

Seine Stimme war kehlig und rau. Ich entschloss mich, auch weil ich mich so fühlte, spontan zur Mitleidstour.

»Es tut mir sehr leid, ich hab Hunger und mein Zuhause ist weg, ich glaub, ich hab mich verlaufen, und ich möchte nur um eine volle Schüssel zum Frühstück bitten.«

Die Tigerkatze riss die Augen weit auf, dann verzogen sich die Lippen nach oben zu einem bitteren Grinsen.

»Ach was, eine ganze Schüssel zum Frühstück? – Du fettes Fellbündel, du hodenlose Frechheit, ich jage den ganzen Tag dürren Mäusen hinterher, damit ich mich so lala am Überleben halte, und du willst eine volle Schüssel zum Frühstück! Mieser, kleinkarierter Streichelfreak, ich sollte dir dein Fell aufschlitzen!«

Er kam mir bedrohlich nahe.

»Hilfe! Mama!«, schrie ich in akuter Panik und ein heißer Strahl Urin versickerte zwischen meinen Hinterbeinen in der Erde.

Tigerkater warf sich auf den Rücken und lachte grunzend, während er mit allen vieren wild in die Luft strampelte. »Hu, hu, so was hab ich schon lange nicht mehr erlebt! Wie alt bist du denn? Schreist nach deiner Mama, statt dich wie ein echter Kater vor mir aufzuplustern!«

Ich war am Ende. Mein Schwanz war eingezogen, mein Körper zusammengekrümmt, ich zitterte, kurz gesagt, ich war ein Häufchen Elend. Und zwar in einem Ausmaß, das auch mein Gegenüber mild stimmte.

»Hey, Kistlbrunzer, reg dich nicht so auf, ich tu dir nichts, ich seh schon, dass du mir keine Konkurrenz bist. – Also, erzähl schon, wo kommst du denn her?«

Ich erzählte ihm die ganze Geschichte, Mama und Papa, Marie, der Zaun, die spitze Schnauze und mein Hunger.

Während ich erzählte, hörte Tigerkater gespannt zu.

»Na ja, Kistlbrunzer, ich möchte dein Leben nicht führen, aber ich misch mich grundsätzlich nicht in anderer Katzen Lebensentwürfe ein, ich kann dir nur so viel sagen, ein Frühstück gibt's hier nicht, außer du fängst es dir. Und Menschen gibt es hier schon lange keine mehr, das Haus wird nur von mir bewohnt. Und im Garten züchte ich meine Mäuse.«

»Sag nicht Kistlbrunzer zu mir, mein Name ist Fredi.« Von meiner eigenen Courage überrascht richtete ich mich groß auf.

»Und wie heißt du?«, fragte ich, den Moment meiner Stärke nutzend.

Tigerkater überlegte. Dann setzte er sich aufrecht vor mich hin und sagte mit erhobenem Kopf: »Ich heiße nicht. Ich bin.«

»Aber irgendwie musst du doch heißen. Jede Katze hat einen Namen.«

Der Kater überlegte wieder und erinnerte sich an die Epoche in seinem Leben, als er für einige Zeit auf einem Bauernhof lebte und die dortige Bäuerin ihn mit Worten zu locken versuchte. Tigerkater räusperte sich, dann verkündete er stolz: »Miez-Miez, ja, also wenn ich einen Namen habe, dann ist dieser Miez-Miez.«

»Ein schöner Name.«

Natürlich fand ich ihn höchst lächerlich, aber ich verkniff mir ein Grinsen und tat schwer beeindruckt.

Tigerkater streckte sich und gähnte.

»Ich geh jetzt mal den Tag verschlafen. Wenn du Lust hast, darfst du ausnahmsweise mitkommen und auch eine Mütze voll Schlaf nehmen.«

Ich war über diese Wende und die Aussicht auf einen sicheren Schlaf erfreut, ja vielleicht wäre ich sogar glücklich gewesen, wenn da nicht dieses tiefe Loch in meinem Bauch gewesen wäre, das seit gestern keine Nahrung mehr gesehen hatte. Ich dankte Miez-Miez für die Einladung und erinnerte ihn zaghaft an meinen Hunger.

»Na gut, auch wenn ich finde, dass du etwas abnehmen könntest, meinetwegen darfst du dir was hinter dem Haus fangen.«

Was sollte ich tun? Mäusefangen? Ich konnte nicht jagen. Entweder ich blamierte mich beim Jagen und blieb obendrein hungrig, oder ich blamierte mich beim Erzählen, dass ich nicht jagen könne, und würde ihn bitten, etwas für mich zu fangen. Damit würde sich wenigstens die Chance, meinen Hunger zu stillen, erhöhen – auch wenn es peinlich war.

Es war keine leichte Entscheidung, aber ich entschied mich fürs Erzählen. Miez-Miez schüttelte den Kopf, markierte verächtlich einen Busch und verschwand hinter dem Haus, um wenig später mit einer Maus zurückzukommen, die er mir vor die Pfoten warf.

»Nicht, dass ich es gutheiße, dass du nicht jagen kannst, aber wenn ich jetzt nicht für dich gejagt hätte, würde ich das selbst vermutlich gar nicht glauben.«

Ich trat verlegen mit den Pfoten auf und ab, und mir war es wirklich sehr, sehr peinlich.

Ich schämte mich ein wenig meiner Faulheit wegen, denn Marie hatte ja angeboten, mir das Jagen beizubringen, aber ich dachte immer nur an volle Schüsseln und wollte nichts von Mäusejagd wissen. Hätte ich doch nur auf Marie gehört.

Hab ich schon erwähnt, dass es mir sehr, sehr peinlich war?

Ich weiß noch, dass mir die Maus nicht geschmeckt hat und dass sie meinen Hunger kaum gestillt hat und dass der Schlaf, den ich in diesem fremden Haus hatte, ein unruhiger war, der mir beim Erwachen mehr Erschöpfung als Ausgeruhtheit beschied.

Miez-Miez war offensichtlich bereits aufgestanden, denn der Platz neben mir, auf dem er gelegen hatte, war leer. Fast leer. Eine tote, noch warme Maus lag neben mir.

Ich gebe zu, ich war schon einigermaßen gerührt. Diese Katze hatte sich als ein toller Kumpel mit Einfühlungsvermögen und Großzügigkeit entpuppt.

Der Tigerkater sprang durch das kaputte Fenster herein, das als Ein- und Ausgang fungierte, und ich murmelte, während ich auf der Leiche herumkaute, ein verstohlenes und peinlich berührtes »Danke, Kumpel!«.

»Schon okay, Schwanz drüber.« Auch Miez-Miez war etwas verlegen.

»Beeil dich, ich will dir was zeigen, wo du vielleicht Essen bekommst, das du gewöhnt bist.«

Es begann bereits zu dämmern, als wir beide losliefen. Miez-Miez voraus und ich japsend, da nicht wirklich in Form und darüber hinaus ein klein wenig übergewichtig, hinterher.

Wir rannten über Wiesen und Felder, durch einen Wald hindurch, wieder über Wiesen und Felder, bis wir zu einer Ansammlung von Häusern kamen, wovon eines viel größer als die anderen war. Und ich konnte mich an diese Art von Gebäuden erinnern, es war ein Bauernhaus, so eine Art von Haus, in dem ich vor Ewigkeiten zur Welt gekommen war. Das war unser Ziel.

Miez-Miez hielt kurz inne und lauschte. Er konnte nichts Ungewöhnliches hören, ich auch nicht, aber das war klar, ich wusste auch gar nicht, was ungewöhnlich war und was nicht.

»Bleib dicht hinter mir, wir gehen links um den Hof herum in die Scheune rein. Die gehört einer Käterin, die recht launisch sein kann. Also halt dich an mich und erzähl bloß nicht, dass du nicht jagen kannst und eigentlich in Kistln brunzt!«

Miez-Miez raste los, ich hinterher. Die Käterin war nicht zu Hause.

Neben dem Eingang lagen ein paar Essensreste, die von Menschen übrig gelassen und sozusagen entsorgt wurden. Gekochte Knochen mit Fleischresten dran, Kartoffelschalen, Reis sowie eine dreckige Schale mit ranziger Kuhmilch, in der fette tote Fliegen schwammen. Das war es, was Miez-Miez dachte, dass ich gewohnt bin zu essen. Dann schon lieber dürre alte Waldmaus.

Miez-Miez fing eine fette Ratte für uns beide und wir zerteilten und kauten sie gemeinsam, nachdem wir es uns auf einem großen Strohballen gemütlich gemacht hatten.

Nach dem Schmaus erzählte mir der Kater seine Geschichte: Er selbst habe einmal auf diesem Hof gelebt, er sei dort geboren, seine Mutter sei aber eines Tages von der Mäusejagd nicht mehr zurückgekommen, er wisse bis heute nicht, was geschehen ist. Er habe auch eine Lebensgefährtin gehabt, eine große Schwarze mit glänzendem Fell. Die Kinder ihres ersten Wurfes wurden wenige Tage nach deren Geburt von den dortigen Bauern und Scheunenbesitzern ertränkt. Daher hätten sie ihren zweiten Wurf, der schon in der kalten Jahreszeit zur Welt kam, vier entzückende Abbilder ihrer selbst, gut versteckt, sodass niemand die Kleinen finden konnte. Aber es war ein sehr harter Winter gewesen und das Essen knapp, und so hatte die Schwarze auch nicht genug Milch für die Kleinen. Zwei starben, noch bevor sie Mäusebrei selbständig essen konnten. Er und die Seine waren ununterbrochen auf Jagd, um die verbliebenen Kleinen und sich selbst durchzubringen. Irgendwann kam die Schwarze dann von der Jagd nicht mehr zurück. Miez-Miez ging sie suchen und fand sie auf einem Feld, zwischen gefrorenen Lehmschollen, voller Schrotkugeln. Sie dürfte aber nicht dort gestorben sein, denn sie ließ eine lange Blutspur über dem Feld zurück. Sie hatte noch versucht, zu ihrer Familie nach Hause zu kommen, doch dabei sind ihr wohl die Kraft und das Leben ausgegangen.

Der Tigerkater hielt bei diesem Punkt seiner Erzählung inne, schloss die Augen und atmete tief aus. Ich rückte näher zu ihm heran und stieß mit meinem Kopf in seine Seite und leckte ihm das Fell. Nein, ich war sicherlich kein wilder Kater, der wusste, wovon Miez-Miez sprach, und der die Qualen auch tatsächlich nachempfinden konnte. Aber ich fühlte seinen Schmerz und ich fühlte mich mit ihm verbunden. Auch ich war ein fühlendes Wesen, obwohl ich es gewöhnt war, aufs Kisterl zu gehen und Dosenfutter zu essen.

Miez-Miez leckte dankbar zurück und erzählte weiter. Er verbrachte viele Stunden neben seiner Lebensgefährtin, putzte ihr Fell und versuchte ihren Körper zu wärmen, der aber kalt blieb. Dann raffte er sich auf und lief zur Scheune, zu den zwei verbliebenen Kleinen, um diesen die Botschaft zu bringen, dass ihre Mutter gestorben war. Die zwei verbliebenen Kätzchen, es waren ein kleiner Kater und eine kleine Käterin, hatten großen Hunger.

Miez-Miez jagte in den folgenden Tagen ununterbrochen, war beinahe selbst zu einem Gerippe abgemagert. Tagelang zwang schwerer Schneefall sie, zu hungern, denn die Mäuse schliefen gut geschützt unter der Erde, und den Pelzlingen am Hof hatten sie bereits allen den Garaus gemacht. Die Abfälle der Bauern waren meist zu gering, um eine Mahlzeit zu ergeben, oder sie waren bereits verdorben, sodass der Tigerkater und die Seinen mit Durchfall beschenkt wurden.

Kurz und gut, einer der Kleinen, es war der Bub, verstarb in einer stürmischen kalten Nacht und Miez-Miez legte ihn außerhalb der Scheune ab. Aber er hatte auch großes Glück. Er und das Mädchen überlebten den Winter und die Kleine wurde zu einer guten Jägerin. Sie sah ihrer Mutter sehr ähnlich, nur war sie nicht so groß gewachsen. Eine schöne, aber kleine Schwarze mit dem Mut und Jagdgeschick einer großen Tigerin.

Miez-Miez pausierte und spannte stolz seine Brustmuskeln an.

»Ja, und wie geht es weiter? Wieso bist du denn nicht auf dem Hof geblieben?«

Ich war ungeduldig und wollte unbedingt die ganze Geschichte hören.

»Ganz einfach. Es gab nicht genug zu essen. Klar, der Sommer war kein Problem, da gab es Mäuse, Ratten, Vögel und manchmal auch Kaninchen und Eichkätzchen im Überfluss. Aber mir war wichtig, dass die Kleine auch im Winter genug zu jagen vorfinden würde. Da hätte sie mehr Chancen allein als zu zweit. Also ging ich von ihr weg, um mir ein neues Revier zu suchen.«

Miez-Miez sortierte seine Vorderpfoten und atmete tief ein.

»Ich kam bei dem Feld vorbei, auf dem meine Liebste ihr Leben ließ. Natürlich war von ihr nichts mehr zu sehen. Längst waren ihre Überreste, die Knochen, Zähne und ihr Fell vom Traktor und der Egge zerteilt und über das ganze Feld verstreut worden und Maispflanzen wuchsen auf ihren Gebeinen. Also lief ich einfach weiter, bis ich zufällig auf dieses alte Haus stieß. Nun, und dass ich da jetzt lebe, das weißt du ja.«

»Ja«, hauchte ich in sein Fell.

Ich konnte zwar nicht gut schätzen, aber bis drei zählen konnte ich noch allemal. Und so war mir natürlich sofort klar, dass die angeblich launische Käterin, die heute nicht in der Scheune anwesend war, seine Tochter sein musste.

»Schön, dass du Familie hast.« Mehr Trost fiel mir dazu leider nicht ein, aber Miez-Miez war dankbar für meine Anteilnahme, und da es schon lange nach Mitternacht war und wir beide sehr müde waren, schliefen wir dicht aneinandergekuschelt ein.

»Morgen, Kistlbr… äh, Fredi.«
Miez-Miez stupste mich an, er war schon wieder viel früher als ich aufgewacht und brachte mir Frühstück.
»Morgen, Miez-Miez. Hm, das riecht ja gut.« Eine kleine Lüge, denn eigentlich lag mir die abendliche Ratte noch im Magen und ich konnte keinesfalls schon wieder so ein pelziges Zeugs schlucken.
»Hör mal, Kumpel, ich sollte wohl wirklich etwas abnehmen, und darum lasse ich das Frühstück heute aus, aber trotzdem vielen Dank, ich weiß das zu schätzen, was du für mich tust.«
Miez-Miez legte die Stirn in Falten und schlang die Maus selbst hinunter.
»Nachdem die Kleine nicht hier ist, nehme ich an, dass sie eine größere Jagdtour macht. Wer weiß, wann sie wieder zurück kommt. Ich kenn aber da in der Gegend einen Burschen, den ich dir gerne vorstellen möchte. Er kennt auch viele Menschen, vielleicht kann er dir bei der Suche nach deinem Zuhause weiterhelfen.«
Miez-Miez lief Richtung Ausgang, und das hieß für mich, dass ich aus dem Stroh musste und ihm nachfolgen sollte. Also tat ich das auch.
Wir trabten zwischen den Häusern nebeneinanderher und der Tigerkater erzählte, dass sein Kumpel ihn manchmal im Wald besuchen würde und dass er ein Vogelfreier sei, der zwar irgendwo so etwas wie ein Zuhause habe und auch nicht gerade menschenscheu sei,

der es aber vorzog, durch die Gegend zu streunen, und da und dort mal übernachtete.

Miez-Miez blieb abrupt stehen, sein Fell sträubte sich und er knurrte. Ich zog sofort meinen Schwanz ein und blieb erstarrt neben ihm stehen. Hundegebell war zu hören.

»Drecksköter!«, fauchte er wütend.

Ich erfuhr, dass es sich um einen katzenjagenden Hund handelte, der hier zwischen den Häusern manchmal sein Unwesen trieb, wenn seine Menschen sich nicht um ihn kümmerten und er frei herumlief.

Langsam und vorsichtig gingen wir weiter. Der Tigerkater spitzte die Ohren, öffnete den Mund und kräuselte die Nase, um besser riechen zu können und um zu erkennen, aus welcher Richtung das Bellen kam und in welche Richtung es lief.

Das Kläffen kam näher, und plötzlich wurde es von markerschütterndem Katzengeschrei unterbrochen, und zwar ganz in unserer Nähe.

Wir schlichen weiter, von einem Gebüsch zum nächsten, mein Herz pochte schwer in meinen Ohren.

Wir kamen zu einer Straße. Das Katzengeschrei und das Gebelle schwollen an, es war direkt neben uns, der Schatten einer Katze rannte an uns vorbei.

Gehetzt lief sie auf die Fahrbahn, und der Zufall oder das Böse wollten es, dass gerade zu diesem Zeitpunkt ein Auto die Straße entlangraste.

Miez-Miez schrie auf, ich schrie mit. Die Katze wurde von dem Auto erwischt, sie überschlug sich ein paarmal und wurde auf den gegenüberliegenden Gehsteig geschleudert, wo sie regungslos liegen blieb.

Das Bellen des Hundes wurde allmählich leiser, es entfernte sich von uns. Ebenso das Fahrzeug.

»Oh nein, oh nein, oh nein.«

Miez-Miez war außer sich. Er lief über die Straße, ich folgte ihm. Er setzte sich neben die Katze, ihr Körper war merkwürdig verdreht.

Miez-Miez leckte ihre Ohren und ihr Fell, während er immer wiederholte: »Oh nein, oh nein, oh nein.«

Ich hielt etwas Abstand, aber ich war nahe genug, um erkennen zu können, um wen es sich da handelte. Ich sah das Gesicht der Katze, ich sah die Augen und ich sah deren Verschiedenartigkeit.

Ich sah in ein grünes und in ein blaues Auge. Ich sah in diese Augen, kurz bevor sie brachen und das Licht in ihnen für immer erlosch.

Kurti war gestorben.

Miez-Miez war untröstlich, und ich begriff, Kurti war der vogelfreie Kumpel, den er mir vorstellen wollte. Ich wollte Miez-Miez trösten, aber ich fand keine Worte. Für solche Situationen gibt es keine Worte.

»Muss allein sein«, murmelte er, stupste seinen toten Freund noch ein letztes Mal an und lief weg.

Ich wusste, dass ich ihm nicht nachlaufen durfte, und so blieb ich allein zurück. Allein mit Kurti, den ich damals aus meinem Revier einfach verjagt hatte.

Ich war nicht geübt in situationsbedingten, gesellschaftlich akzeptierten und erwarteten Verhaltensweisen. Ich hatte mich verirrt, mein Zuhause verloren, einen

Kumpel gewonnen, der hatte einen Kumpel verloren, und ich saß vor dem toten Kumpel, den auch ich kannte und dem auch ich eigentlich hätte ein Freund sein können, wenn die Vergangenheit zu ändern gewesen wäre.

Ich hatte das erste Mal eine Katze sterben sehen. Und ich war allein.

»Es tut mir leid, Kurti«, flüsterte ich dem toten Kater ins Ohr und vergrub zum Abschied meine Nase tief in seinem Fell.

»Schlaf gut.«

Ohne darauf zu achten, ob die Straße frei war oder nicht, lief ich zurück, die Häuserzeile entlang bis zu einem Garten, in dem viele Büsche wuchsen.

Dort schlich ich unter die dunklen Äste eines dichten Gestrüpps, kauerte mich auf meine Pfoten und versuchte an nichts zu denken. Irgendwann würde ich mich damit beschäftigen müssen, was es bedeutete: Leben, Sterben, Tod. Vom Winde verweht.

Ja, irgendwann.

Aber nicht jetzt.

Aber nicht heute.

Verschieben wir es auf morgen.

Rückweg

Ich dachte an Marie. Was würde ich nicht alles dafür tun, könnte ich bei ihr zu Hause sein. Ich würde ganz bestimmt brav sein, ich würde ihr nicht nachlaufen, ich würde ihr keine nervigen Fragen stellen, ich würde ihre Lieblingsplätze ganz allein ihr überlassen, ich würde sie nicht anstarren, ich würde nirgends markieren, ich würde einfach alles dafür tun.

Wie schnell kann es gehen, dass ein Freund, eine Liebe, verloren geht. Marie war schließlich mein Kumpel, dass wurde mir jetzt klar. Und sie war noch viel mehr.

Ich versuchte, mir ihr Gesicht in Erinnerung zu rufen, den Klang ihres Atems, wenn sie schlief und ganz leise schnarchte. Und ihren Geruch.

Ja, vor allem diesen Geruch. Ich weiß noch sehr gut, dass ich beim Gedanken an ihren Duft, den ich sehr liebte – und den ich immer noch sehr liebe –, plötzlich ein wenig glücklich wurde, in all meinem Unglück.

Sollte mein Schicksal mich tatsächlich für immer von Marie getrennt haben, so hätte ich dennoch etwas, das mich stets an sie erinnern würde, und diese Erinnerung an ihr Bukett würde mir bis an mein Lebensende auch in tiefster Not ein wenig Glückseligkeit schenken.

Verloren in meine Gedanken an Marie entwich mir ein tiefer Seufzer, der nicht ungehört blieb.

»Kann ich dir helfen?«

Eine freundliche Stimme mit dazugehörigem Katzenkopf kämpfte sich durch das Gebüsch in mein Versteck herein. Wie sich herausstellte, gehörte der Katzenkopf einer dreifarbigen langhaarigen Schönheit mittleren Alters namens Irma-Sophie. Wie bei Miez-Miez stellte ich mich ihr vor und erzählte meine Geschichte, die jetzt etwas länger war und bis zu Kurtis Tod ging.

»Oh.« Irma-Sophie war vom Ableben Kurtis betroffen. Sie hatte ihn gekannt, wenn auch nur flüchtig. Er war ja ein Vogelfreier gewesen und Irma-Sophie eine Hauskatze, nämlich die Katze des Gartens, in den ich mich verkrochen hatte. Sie lebte mit ihren Menschen glücklich in ihrem Haus und entfernte sich nicht viel weiter als gerade einmal zwei, drei Gärten nach links und nach rechts. So hatte sie Kurti gelegentlich getroffen, wenn er durch ihre Gegend kam, und hin und wieder ein paar Worte mit ihm gewechselt.

Irma-Sophie war schön. Ihr langes Haar war sehr gepflegt und glänzte. Offensichtlich hatte sie keine Probleme damit, gebürstet zu werden. Ein kleines Bäuchlein verriet, dass sie erstens auch kulinarischen Genüssen nicht abgeneigt war und zweitens keinen Mangel an Futter zu leiden hatte. Und dass sie sich ganz bestimmt nicht von Pelzlingen ernähren musste.

Irma-Sophie lud mich zum Essen zu ihren Menschen ein. Sie sagte, dass ihre Menschen nett seien und dass diese auch für Kurti und andere Streuner vor allem im Winter schon mal Futter in den Garten gestellt hatten, wenn sie merkten, dass jemand in Not war.

Ich vertraute Irma-Sophie und ging mit ihr zum Haus, durch die Katzenklappe hinein und hinter ihr her ins Wohnzimmer. Dort saß eine Frau an einem kleinen Schreibtisch. Irma-Sophie sprang auf den Tisch und setzte sich auf die Papiere, die dort lagen und die die Frau gerade zu bearbeiten schien.

»Ach Irmi, lass das doch, du bist ganz schmutzig!«, schimpfte die Frau, aber nicht wirklich böse.

Ich war diesen Ton von Mama gewöhnt und nahm die Einladung, ebenfalls auf den Schreibtisch zu springen, an.

Sie war nur kurz erschrocken und hatte sich schnell wieder gefasst.

»Ja Irmi, hast du einen Freund mitgebracht? Der Arme sieht ja elend aus und – äh, er stinkt! Wo hast du denn den aufgegabelt?«

Mir war es egal, dass ich stank, also war ich auch nicht beleidigt.

»Wer bist denn du? Woher kommst denn du? Dich kenn ich ja gar nicht. Hast du Hunger?« Ihre Stimme hatte schon etwas sehr Nettes.

»Ja, ja!!!«, schrie ich innerlich. Dass nur ein kleines »Äh?« rauskam, war egal, denn es tat dem Erfolg keinen Abbruch.

Die Frau ging mit Irma-Sophie und mir in die Küche und öffnete eine Dose Irgendwas, teilte den Inhalt auf zwei Teller auf und stellte beide vors Haus. Das Irgendwas war unglaublich köstlich, mit Ratte oder Maus keinesfalls zu vergleichen. Ich glaube, es war was von dem billigen Zeugs, das ich zu Hause nie gegessen hätte, aber in dem Moment schmeckte es göttlich.

Ich aß so, wie ich während und kurz nach dem Tierheim gegessen hatte, bevor Marie mir Manieren beigebracht hatte: Ich stopfte alles in mich hinein, ohne zu kauen, rülpste zwischendurch, um die Luft in meinem

Magen loszuwerden, dabei fiel natürlich ein Teil des Menüs wieder aus meinem Mund heraus. Ich schmatzte kräftig, und wie ich mit meiner Schüssel fertig war, fauchte ich Irma-Sophie an und aß auch ihren Teller leer.

»'tschuldigung«, murmelte ich, als ich mir die Reste mit den Pfoten aus dem Gesicht wischte.

Irma-Sophie hatte Verständnis, denn Hunger war eine Sache, die sie selbst auch gar nicht leiden konnte.

»Schon gut, Fredi, Schwanz drüber. Solange du nicht weißt, wie du wieder nach Hause kommst, kannst du gerne bei mir essen. Aber nachts musst du draußen bleiben. Da lassen meine Menschen nur mich rein. Die Büsche hier sind sehr dicht, da kannst du gut drunter schlafen, und so kalt ist es ja auch noch nicht.«

Lieber wäre mir schon gewesen, wenn ich mich ins Bett hätte schleichen können. Dort mit Irmilein eine Runde zu kuscheln, stellte ich mir recht nett vor.

Aber ich verstand das schon. Dass ich stank, war nicht frei erfunden und hatte auch seine Gründe. Wie lange war ich jetzt von zu Hause weg? Drei Tage? Sieben Wochen? Egal, auf alle Fälle hatte ich mich seither nicht mehr geputzt, ich wurde auch nicht gebürstet – was ja positiv war –, und meine Schlaf- und Essgewohnheiten waren die eines Streuners geworden, auch mein ursprünglich weiß-schwarzes Fell hatte sich verwandelt. Und das ganz bestimmt nicht zum Vorteil. Es war verklebt und von der Farbe her würde ich es als graugelbbraun bezeichnen.

»Alles klar, Irmilein, mach dir keine Gedanken.« Ich gab mich lässig und selbstsicher.

»Irma-Sophie! Wag es nicht noch einmal, was anderes zu mir zu sagen. Sonst nenn ich dich Rülpsheini!« Irma-Sophie fauchte mich wütend an.

Natürlich wollte ich nicht, dass sie oder irgendjemand anderes Rülpsheini zu mir sagen würde, also entschuldigte ich mich bei ihr und nannte sie, wie es sich geziemte, Irma-Sophie.

Aber in meinen Gedanken blieb sie Irmilein. Und ich denke heute noch manchmal an sie.

Wir quatschten noch eine Weile, und als der Abend langsam zu dämmern begann, wurde aus dem Haus nach ihr gerufen und die langhaarige Schöne folgte dem Ruf.

Sie verabschiedete sich mit einem sanften Kopfreiber und hauchte mir ein »Bis morgen« ins Ohr.

»Bis morgen, und danke, Irma-Sophie!«, hauchte ich zurück und verkroch mich ins dichteste Gebüsch, das ich finden konnte, und kurz darauf war ich auch schon erschöpft eingeschlafen.

Ich verbrachte einige Tage bei der Langhaarigen und den vollen Schüsseln mit Irgendwas. Die Zeit mit ihr war schön. Schade war nur, dass ich mich jede Nacht in die Einsamkeit und Kälte des Gebüsches zurückziehen musste.

Eines Morgens erwachte ich mit steifen, leicht schmerzenden Gliedern und einem seltsamen Gefühl in der Magengegend. Nein, dieses Mal war es nicht der Hunger, ich war noch satt vom Vortag. Es lag an dem seltsamen Traum, den ich in der vergangenen Nacht hatte und der mich nicht losließ.

Und nachdem ich mit Irma-Sophie das Frühstück genossen hatte und das Magengefühl immer noch da war, dämmerte es mir langsam.

Ich wusste, dass Irma an mir Gefallen gefunden hatte, trotz meines Gestanks, meines ungepflegten Fells und meiner Obdachlosigkeit. Gern hätte sie es gesehen, wenn ich geblieben wäre. Aber in mir stieg die Gewissheit hoch, dass ich nicht bleiben konnte. In meinem Traum hatte ich Marie gesehen. Sie saß an unserem Fenster und hielt nach mir Ausschau.

Und ich sah verschwommen eine Katze über eine Wiese durch dichten Nebel gehen. Sie wollte mir den Weg zeigen. Nach Hause.

Ich hoffte auf Verständnis und weihte Irma-Sophie in meine Rückkehrpläne ein.

»Reisende sollte man nicht aufhalten. Ich wünsch dir einen guten Heimweg!«, waren Irma-Sophies letzte Worte zu mir. Etwas abrupt und leichtfertig, wie mir schien. Scheinbar lag ihr doch nicht so viel an mir, wie ich dachte.

Sie verschwand erhobenen Schwanzes in ihrem Haus und sie hat sich nicht einmal mehr umgedreht.

Ich wusste, ich musste das Haus von Miez-Miez wiederfinden. Vielleicht gelang es mir dann, den richtigen Weg nach Hause einzuschlagen. Also ging ich los und begann meine Suche nach der Scheune, in der wir gemeinsam eine Nacht verbracht hatten.

Ich lief den ganzen Tag durch die Gärten, die Straßen und über die Wiesen von einem Haus zum anderen. Aber ich konnte die Scheune nicht finden.

Plan A war also gescheitert und an einen Plan B hatte ich noch nicht gedacht.

Ich war schon wieder hungrig, ich war müde, mir war auch kalt: es schien, als hätte ich für meinen Ausflug die falsche Jahreszeit erwischt. Laue Sommernächte hätten sich bestimmt besser dafür geeignet. Die Zeit des Frostes schien nicht mehr weit weg zu sein und diese Nacht kündigte sich kälter an als die vorherige. Eine Übernachtung im Heu stellte ich mir wesentlich angenehmer vor, als wieder unter einem kalten Busch im Freien zu schlafen.

Aber so einen Platz fand ich nicht. Die beste Möglichkeit, die sich mir bot, war ein großer, frisch geschnittener, mit einer Kunststoffplane abgedeckter Stapel Holz. Ich kroch in einen Spalt unter dem Holzstoß, der gerade so groß war, dass ich mich darin umdrehen und zusammenkauern konnte. Wie erwartet, war die Nacht sehr kalt und das Aufstehen bei Morgengrauen fiel mir schwer. Ich konnte meine Pfoten kaum bewegen und meine Gelenke schmerzten. Der Hunger schien zu mir zu gehören wie von nun an auch das Harz, das sich zu den bereits verklebten Stellen in meinem Fell gesellte. Gut, dass ich nicht sehen konnte, welch elende Gestalt ich darstellte. Da meine Suche nach der Scheune erfolglos war, beschloss ich, es auf gut Glück querfeldein zu versuchen.

Ich weiß nicht, wie lange ich herumgelaufen bin, das Haus von Miez-Miez lag wohl nicht in dieser Richtung, da hätte ich mittlerweile bereits darauf gestoßen sein müssen.

Ich trottete in einen großen Wald. Meine Ballen waren vom vielen Wandern schon wund, und so verschaffte der weiche dicke Nadelboden mit den herrlichen Moospolstern meinen Pfoten etwas Erleichterung.

Ich fasste den Entschluss, mir einen Platz zum Ausruhen zu suchen, und überprüfte dafür einige Stellen auf ihre Tauglichkeit. Dabei stieß ich – schon wieder – auf den Tod. Vor mir lag ein mir unbekanntes, lebloses Tier mit braunem Fell, langen Beinen und langen Ohren.

Es schien noch nicht lange tot zu sein, aus seiner Seite musste vor Kurzem Blut geflossen sein. Kleine Löcher waren in seinem Fell zu sehen und sie rochen seltsam. Ich leckte an seinen blutverkrusteten Wunden, was meine Wildkatzengene aktivierte.

Mein Blut schien zu kochen, schoss pochend durch alle Adern und rauschte in meinen Ohren. Ein tiefes Raunen verließ meine Kehle. Ich biss in das Tier, riss einen Fetzen Fell heraus und arbeitete mich mit meinen Zähnen zu seinem Fleisch vor.

Blutrausch kam mir als Gedanke in den Sinn. Es spielte keine Rolle. Das Tier war tot und fast noch warm, und wenn ich am Leben bleiben wollte, musste ich da durch.

Mein Fell war vermutlich nicht mehr nur schmutzig, sondern zusätzlich auch noch blutgetränkt. Indes in meinem Magen fühlte es sich gut an. Ich aß, so viel ich konnte. Anschließend legte ich mich neben die aufgerissene Tierleiche und schlief völlig erledigt ein.

Wann würde diese ewige Erschöpfung endlich ein Ende haben?

Mein Schlaf war unruhig und ich träumte. Wieder sah ich Marie am Fenster sitzen. Sie schien traurig zu sein. Aber irgendetwas war komisch an diesem Bild. Sie blickte traurig, aber sie knurrte.

Ich kannte dieses Knurren, aber nicht von Marie. Dieses Geräusch erinnerte mich an – einen Fuchs!

Ich riss die Augen auf, ja, da war er wieder, dieser Bursche, der mich an meinem ersten Abend außerhalb des Zauns in Angst versetzt hatte und dem ich es verdankte, dass ich aufgeschreckt davonlief und daraufhin die Orientierung verlor und mich verirrte.

Er kniete grollend vor den Resten meiner letzten Mahlzeit und stopfte sich damit voll. Ich wagte nicht, mich zu bewegen. War dieses Tier gefährlich? War er Freund oder Feind? Konnte diese rotfellige, schwanzbuschige Spitznase sprechen?

Mir war klar, dass ich das nur herausfinden konnte, wenn ich die Initiative ergriff und ihn ansprechen würde.

»Mahlzeit, lass es dir nur schmecken. Es ist zwar meine Beute, aber ich bin ohnehin satt. Kannst dir ruhig den Magen vollschlagen.«

Mein Mut war in den letzten Tagen um ein Zigfaches gewachsen. Was sollte mir noch viel passieren?

»Grrrrrrr!«, war alles, was ich als Antwort bekam. Also grrrrrte ich zurück, und das half.

»'tschuldigung, kann beim Essen nicht sprechen, hab keine Zeit dazu, danke für die Einladung. Reste mag ich am liebsten.«

Irgendwie schien er hektisch und gestresst zu sein.

»Grrrrrrr, wenn du die Reste nicht mehr brauchst, bring ich sie nach Hause zu den Meinen.«

Ein wenig wollte ich schon noch davon essen, aber er

schien es nötiger als ich zu haben, und wenn er darüber hinaus eine Familie zu versorgen hatte, war es nur recht und billig, dass ich darauf verzichtete.

Ich erzählte ihm von dem Haus, zu dem ich unterwegs war, und versuchte es so gut wie möglich zu beschreiben.

»Kennst du dieses Haus? Weißt du, wie ich dorthin komme?«

Ich hatte tatsächlich Glück.

»Grrrrrr, ja, ja. Kenne ich. Gleich nach dem Wald hinter dem Hügel. Ein altes Haus. Von Menschen verlassen. Kannst es gar nicht verfehlen, einfach geradeaus und dann hinter dem Hügel.«

Grußlos verschwand er mit dem Kadaver, vermutlich in Richtung seines Baues.

Ich beschloss, mich noch ausgiebig zu putzen, um zumindest die Blutkrusten aus meinem Fell herauszubekommen, und mich dann auf den Weg zu machen. Ich freute mich schon auf Miez-Miez und hoffte, dass es ihm gut ging und er über meine Ankunft entzückt sein würde.

Frohen Mutes brach ich auf. Durch den Wald, dann weiter hinter den Hügel. Da war aber nichts außer noch eine andere weitere Erhebung.

Gut, dachte ich, vielleicht hinter der nächsten. Ich wollte keinesfalls verzweifeln oder zu bald aufgeben, war ich doch vermutlich dem Ziel schon sehr nahe.

Wieder lief ich über die Anhöhe, dann nochmals über die nächste, und dann merkte ich, dass ich keine Ahnung hatte, wo ich war, und dass die Erhebungen nicht aufhören wollten.

Mir war zum Heulen zumute, jetzt war ich verzweifelt. Wieder einmal am Ende. Wieder einmal hungrig und ausgelaugt.

Es war schon dunkel geworden und Nebel fiel über den unzähligen Hügeln ein. In einer Pfütze stillte ich meinen Durst, das half mir ein wenig über das Hungergefühl hinweg.
Der Nebel wurde dichter und ich hatte mich gerade damit abgefunden, eine weitere Nacht im Freien verbringen zu müssen, als ich nicht weit von mir entfernt eine Katze wahrnahm.
Sie saß nach Katzenart aufrecht da und beobachtete mich. Zaghaft ging ich ein paar Schritte auf sie zu, da entfernte sie sich ein paar Pfotenlängen von mir.
Ich setzte mich, da setzte sie sich auch. Ich probierte es noch einmal mit ein paar Schritten, sie ging wieder von mir weg.
Seltsam. Es schien mir, als würde ich sie von irgendwoher kennen. Aber woher? Wer war sie? Und warum hielt sie mich auf Abstand? Stank ich schon so sehr, dass nur eine gehörige Distanz mich erträglich machte? Ich schnupperte an mir herum.
Da fiel es mir ein. Sie war die Katze, die ich aus meinem Traum kannte. Die Katze im Nebel, die mir den Weg nach Hause zeigen wollte. So als ob sie nur darauf gewartet hätte, dass ich sie wiedererkennen würde, stand sie auf und ging Richtung Wald zurück. Ich wusste, dass ich ihr folgen musste. Ganz gleich, wie entkräftet ich war.
Wir gingen die ganze Nacht durch den Nebel, sie voraus, ich hinterher. Und kurz bevor der Morgen däm-

merte, blieb sie stehen und ließ mich so nahe an sie herankommen, dass ich die runde Öffnung in der Bodenfurche neben ihr erkennen konnte. Ein Betonrohr war in einer leichten Senke zwischen zwei Wiesengrundstücken waagrecht in die Erde eingegraben.

Ich folgte ihr ins Innere des Rohrs. Dem Durchmesser nach war es nicht als Durchgang für Katzen meines Formats gedacht, ich musste mich leicht geduckt vorwärtsbewegen. Dunkelheit umhüllte mich, ich konnte nicht das Geringste vor mir erkennen, doch ich vertraute meiner rätselhaften Führerin und schlich langsam und vorsichtig hinter ihr her. Vielleicht zwei, höchstens drei Meter lang schien die Röhre zu sein, dann hörte sie einfach auf, war sie zu Ende, mit Erde und Gestein verschlossen.

Am hinteren Schluss des unterirdischen Tunnels angekommen, merkte ich, dass die geheimnisvolle Katze nicht mehr da war, sich einfach aufgelöst hatte. Ich war wieder allein.

Gefunden

Ich muss in dem Rohr ohnmächtig geworden oder eingeschlafen sein. Als ich erwachte, war mir, als hörte ich Mama nach mir rufen. Ein Traum, dachte ich und drehte mich um, um noch eine Runde auszuruhen und um mich der Illusion von Mamas Stimme in meiner Einbildung hinzugeben.

Bevor ich mich wieder zusammenrollte, streckte ich ganz nach Manier der Katzen meine Hinterbeine ordentlich durch, dabei durchfuhr ein schrecklicher Schmerz mein rechtes Knie. Meine alte Fensterflugverletzung meldete sich mit stechender Qual in meinem Gelenk zurück. Die Kälte und die langen Wanderungen hatten mir zugesetzt.

Nochmals hörte ich leise »Freeeeediiiii!« rufen. Wie konnte ich träumen und gleichzeitig Schmerzen haben?

Halb wach versuchte ich, mich zu orientieren und herauszufinden, wo ich denn eigentlich war, und humpelte zum hellen Ende des Rohrs und langsam und geduckt auf die Wiese ins Freie.

»Da! Da!«, schrie plötzlich jemand und eine Menschengestalt fuchtelte mit beiden Armen in meine Richtung, was sofort Panik in mir auslöste, mich zum Umkehren veranlasste und schnell ins letzte Eck des Rohrs hasten ließ.

Wie lange war ich nun schon von zu Hause weg? War ich jetzt endlich wieder daheim angekommen? Konnte es sein, dass dies meine geliebten Menschen waren? Und wenn ja, wollte ich, dass sie mich so zu Gesicht bekamen? Schmutzig, elend, hungrig, humpelnd.

Ja, das wollte ich.

Und ich wollte noch viel mehr: Ich wollte dann für immer bleiben. Hinter dem Zaun.

Und brav sein.

»Freeeeeediiiii!« Niemals werde ich den Klang dieser Stimme vergessen. Mama hockte vor dem Rohr und zirpte mir in zittrig erregter Stimme entgegen.

»Fredi, Baby, komm raus, mein Schatzilein! Puppi-Katze, Fredi, komm, Kleiner. Fredi, Mausi, Fredilein, komm, Katzi, komm, Baby.«

Und ich kam.

Und Mama nahm mich in die Arme, und Papa nahm uns beide in die Arme, und ich wusste, dass alles wird wieder gut werden würde.

Sie brachten mich nach Hause. Marie erwartete mich bereits, sie hatte das Wiedersehen vom Fenster aus beobachtet. Die Röhre, in der ich mich versteckt hatte, war bloß etwa zweihundert Meter von unserem Haus entfernt.

Marie erschrak ein wenig bei meinem Anblick, aber sie fasste sich schnell wieder und ein Strahlen kam in ihre Augen. Sie war froh, dass ich wieder da war.

Ich freute mich noch viel mehr und mein erster Impuls war, auf sie zuzugehen, sie zu begrüßen und mit meiner Nase tief in ihr Fell einzutauchen.

Aber mir war es peinlich, ich hatte eine Vorstellung davon, wie ich aussah und stank. Darüber hinaus hatte ich bei meinem Ausflug auch viel gelernt, ich war nicht mehr der kleine Fredi, dem Marie was beizubringen hatte. Ich war Fredi der Große, der Weitgereiste, der Abenteurer. Na ja, und vielleicht auch ein klein wenig Macho.

Ich verhielt mich entsprechend. Als wäre alles ganz normal, ging ich zum Fressnapf und stopfte mich voll. Dann sprang ich aufs Sofa, Marie habe ich mit keinem Blick gewürdigt, und legte mich hin, um mich zu putzen. Mama half mir dabei, sie rieb mich mit einem nassen warmen Waschlappen ab. Dann rollte ich mich zusammen und schlief den besten Schlaf meines Lebens.

Heute weiß ich natürlich, dass Marie, die sich große Sorgen um mich gemacht und jeden Tag den Garten nach mir abgesucht hatte, durch mein Gehabe sehr verletzt war. Und wenn ich könnte, ich würde es zurücknehmen. Ich würde zu ihr hingehen und ich würde ihr sagen, wie froh und glücklich ich sei, sie wiederzusehen.

Aber das geht nicht, also Schwanz drüber.

Am nächsten Tag musste ich zur Tierärztin, und ich wurde überall angeschaut, ob ich Verletzungen oder sonst was hatte. Außer dass ich abgenommen und diese Schmerzen im Knie hatte, war alles in Ordnung. Ich bekam eine Wurmtablette, was bestimmt nicht falsch war, wenn ich bedenke, was ich so alles gegessen hatte. Und etwas Homöopathisches gegen meine Arthrose, so nennt man die Ursache für das Knieweh.

Ich durfte ein paar Tage nicht in den Garten. Ich habe es mit Fassung getragen, und ehrlich gesagt war ich ganz froh, einige Zeit nur herumzuliegen und zu schlafen und zu essen. Währenddessen hat Papa den Zaun im Garten mit einem Elektrodraht versehen, sodass keine Katze mehr über die Einfriedung herein- oder hinausgelangen konnte.

Ich hätte es ohnehin nie wieder getan, und Marie war und ist viel zu klug, um so einen Schwachsinn überhaupt zu versuchen.

Später habe ich erfahren, dass ich ganz schön lange weg gewesen bin und dass ganze Suchtrupps von Menschen die Gegend nach mir abgesucht haben, dass Papa mit dem Fahrrad überall herumgefahren ist und Zettel mit meinem Bild aufgehängt hat, dass sogar manchmal Leute angerufen haben, die mich angeblich gesehen hätten, was sich aber immer als falscher Alarm herausgestellt hat, und dass ich sogar mit Foto in der Zeitung als Suchanzeige zu sehen war.

Von meinen Erlebnissen habe ich Marie nichts erzählt und seltsamerweise hat sie mich auch nicht danach gefragt.

Langsam normalisierte sich wieder alles. Marie und ich bekamen ein Halsband mit unserem Namen und Mamas Telefonnummer, als Vorsorge für den Fall, dass wir verloren gingen. Dies sollte eine Rückkehr erleichtern. Wir mussten das Halsband dann jedes Mal, wenn wir in den Garten gingen, anlegen.

Ich weiß ja nicht, was mir so ein Halsband bei meinem Abenteuerausflug gebracht hätte, aber die beiden waren beruhigt und uns hat es nichts ausgemacht, es zu tragen.

Ich durfte also mit Marie wieder in den Garten. Nachdem ich eine ausgiebige Runde gedreht und alles wieder neu markiert hatte, lief ich zu Marie und bat sie um etwas, das mir nicht leicht fiel, mir aber während meiner Abwesenheit klar wurde, dass es zu erledigen wäre. Ich wollte endlich lernen, Mäuse zu fangen.

Marie sah mich ein wenig komisch an, vielleicht weil sie an einem Erfolg bei mir zweifelte, aber sie sagte zu. Und es ging auch sofort los.

Stufe eins, sie fing eine Maus und legte sie vor mir ab. Der erste Pelzling hat keine zwei Sekunden gebraucht, um mir zu entwischen. Marie hat die Maus wieder zurückgebracht. Ich hab gleich mit der Pfote draufgehauen und sie festgehalten.

Als ich nachsah, ob ich sie k. o. geschlagen hatte, stellte ich fest, dass ich nur Gras unter meinen Pfoten hatte und die Maus wieder weg war. So ging es eine ganze Weile. Marie fing die Maus ein, ich ließ sie wieder entwischen, bis die Maus dann kaputtging und Marie sagte, es sei genug für heute, mehr beim nächsten Mal.

Stufe eins haben wir dann mehrere Tage geübt, so lange, bis ich die Maus festhalten konnte.

Daraufhin folgte Stufe zwei: Maus in den Mund nehmen, durch die Gegend werfen und damit spielen. Ich nahm sie auf, begann sofort zu speicheln und bekam so etwas wie eine Mundsperre, ich konnte die Maus nicht mehr loslassen, durch die Gegend werfen ging also nicht. Marie sagte, ich solle sie am Boden ablegen und die Pfoten drauflassen.

Hab ich dann gemacht, aber ich hatte so viele Haare im Mund, dass ich spucken musste; da hat sich die nasse Maus dann irgendwo zwischen den Gräsern verkrümelt. Ich hab sie auch nicht mehr gefunden, weil sie ja ganz nass war; da hat sie nicht mehr nach Maus, sondern nur mehr nach mir gerochen, und das hat ihr das Leben gerettet.

Dank Maries guter Unterrichtsmethoden und ihrer Geduld hat es nach ein paar Wochen geklappt und ich konnte lange Zeit mit ihnen spielen, bis sie kaputtgingen. Marie und ich hatten dabei sogar richtig Spaß.

Stufe drei war die schwierigste, die entsprach so gar nicht meinem Naturell, da hieß es auf der Lauer liegen und dann blitzschnell zupacken. Beim Auf-der-Lauer-Liegen bin ich oft eingeschlafen, ich konnte mich nicht so lange auf eine einzige Sache konzentrieren.

Ich bewies viel Ausdauer beim Training von blitzschnellem Zupacken. Das hab ich auch sehr gerne geübt; es war lustig, mich so zu positionieren, dass mein Po in der Luft war, die Spannung in den Hinterbeinen, das Hinterteil geschüttelt, um, Hokuspokus, nach vorn zu springen. Es gab wirklich keine, die mir das Mäusejagen besser hätte beibringen können als Marie.

Besonders schwierig fand ich die Sache mit der Witterung. Marie wusste immer sofort, ob in einem Loch eine Maus hockte oder ob es reine Zeitverschwendung war, sich auf die Lauer zu legen. Dass ich beim Lauern sehr leicht eingeschlafen bin, lag vielleicht auch daran, dass in meinen Löchern oft gar nichts drinnen war. Marie hingegen schnupperte, und wenn der Geruch passte, brachte sie sich in Stellung, und kurz darauf erlegte sie mit einem Satz ihre Beute.

Nach langer Lehrzeit, in Summe dauerte es bestimmt mehrere Monate, lernte ich auch dies, zwar nie so elegant und perfekt, aber durchaus tauglich.

Stufe vier war dann, wenn die Maus kaputt war, sie zum Haus zu bringen und sich loben zu lassen. Ich gestehe, diese Stufe hat mich nie interessiert und ich halte sie auch heute noch für überflüssig. Ich habe meine eigene Stufe vier eingeführt, die hieß Mausfressen, was wiederum Marie überflüssig fand.

Bei meiner ersten selbstgefangenen Maus, die ich zu verspeisen gedachte, fiel mir Miez-Miez und mein kleiner Ausflug ein und dazu ein Film, den ich mit Mama im Fernsehen gesehen hatte, und ich fand das recht lustig und zur Situation passend.
 Also setzte ich mich neben die tote Maus, hob theatralisch meine Pfote in die Höhe und miaute, was das Zeug hielt.
 »Gott ist mein Zeuge, sie werden mich nicht unterkriegen! Ich werde es überstehen, und wenn es vorüber ist, dann werde ich nie wieder hungern – weder ich noch die Meinen, müsste ich auch lügen, stehlen, betrügen oder töten. Ich werde nie wieder hungern!«
 Dann hab ich ihr den Kopf abgebissen und sie hat mir prächtig geschmeckt.

Marie war damit zufrieden, dass sie mir zumindest drei Stufen hatte beibringen können, und es war wirklich eine sehr nette Epoche unseres gemeinsamen Lebens.
 Genau genommen hatten wir viele schöne Zeiten. Es gab auch Perioden, die, zugegeben, für Marie nicht so schön waren. Ich bin ja mehr so der impulsive Typ, na ja, früher auf alle Fälle, jetzt bin ich altersbedingt etwas ruhiger geworden.

Aber damals, wenn ich spielen wollte, wollte ich das auch immer sofort und auf die Weise, die mir gerade in den Sinn kam und Spaß machte. Soll heißen, dass ich mir irgendwelche Szenarien ausdachte, zum Beispiel »Marie ist ein Braunbär und ich muss diesen zur Strecke bringen«, und ich dann Marie von hinten anfiel und niedercatchte.

Sie hat das gehasst und sie hat dabei auch geschrien, und wenn ich diese Kampfhandlung im Haus gespielt habe und Papa mich dabei erwischt hat, hat er böse mit mir geschimpft und mir seine Hausschuhe nachgeschmissen und mich im Bad eingesperrt.

Aber das war eben so, wie damals, als ich unbedingt über den Zaun gehen musste. Ich konnte einfach nicht anders, ich war wie besessen.

Ich habe Marie immer wieder angesprungen. Nicht aus Bosheit, ganz bestimmt nicht, sondern weil ich einen inneren Zwang dazu hatte und weil ich mit mir allein nicht wirklich viel anfangen konnte.

Ich erinnere mich an einen Tag, an dem wir uns gerade im Garten die Zeit vertrieben. Marie lag irgendwo auf der Lauer und mir war langweilig.

Also beschloss ich Marie zu suchen. Ich fand sie konzentriert vor einem Mäuseloch in abwartender Lauerhaltung. Ich stellte mich neben sie.

»Was machst du da?«

Marie antwortete nicht.

»Bist du auf der Jagd?«

Marie antwortete nicht.

»Glaubst du, dass da eine Maus drinnen ist?«

Marie antwortete nicht.

»Glaubst du, dass du sie erwischst?«
Marie drehte sich zu mir und fauchte.
»Ein wohlfeiles Angebot, Fredi. Wenn du nicht gleich versuchst, Land zu gewinnen, vergesse ich meine Erziehung, und das wünschen wir uns beide nicht.«
Ich ging nicht.
»Mir ist langweilig. Spiel mit mir.«
Marie antwortete nicht, aber ihr zuckender Schwanz verriet, dass sie verärgert war. Die Maus war natürlich längst durch das Geplapper gewarnt. Marie stand auf, bei diesem Loch würde bestimmt nichts mehr zu erwischen sein.

Sie ignorierte mich und ging Richtung Wall, um sich dort ein anderes Mäuseloch zu suchen. Ich folgte ihr, was hätte ich auch sonst tun sollen? Marie ließ sich vor einem vielversprechenden Höhleneingang nieder.

Ich ging in Angriffsstellung und überraschte sie mit einem Sprung auf ihren Rücken und biss ihr ins Genick.

Marie schrie in Panik auf, mein Sprung hatte sie wohl etwas unerwartet getroffen. Vielleicht steigerte ich mich auch ein wenig zu sehr hinein in meiner Fantasie, denn als Papa aufgeschreckt angelaufen kam, um nachzusehen, was für ein Tumult im Gange war, sah er auf einen Blick, dass der Schuldige nur ich sein konnte.

Vermutlich haben mich die Büschel Fellhaare, die ich Marie bei meinem Angriff ausgerissen hatte, verraten. Sie hingen nämlich aus meinem Mund und zwischen meinen Krallen. Da half auch kein engelsreiner, nichts ahnender Augenaufschlag.

Rückblickend kann ich sagen, dass ich wohl manchmal eine rechte Plage war. Aber wahr ist, dass ich in letzter

Zeit wirklich viel, viel ruhiger geworden bin, ich falle sie jetzt nicht mehr an und im Haus markieren habe ich mir ohnehin schon länger abgewöhnt. Lediglich draußen am Zaun setze ich noch immer meine Duftspuren.

Es ist kompliziert, meine Beziehung zu Marie zu beschreiben. Ich war noch ein Kind, als ich bei ihr einzog, und es war klar, dass ich mich ihr in ihrem Revier in der alten Wohnung unterordnete. Aber mit unserem gemeinsamen Einzug ins Haus hatte sich die Situation allmählich geändert, das war von da an ja auch mein Revier, und ich war schließlich der Kater im Haus.

Ich weiß, ich hab so viel von ihr gelernt, etwa wie eine Katze ordentlich isst, wie man fantasievoll spielt, wie man sich gewählt ausdrückt, sogar ein wenig Bildung hat sie mir beigebracht, und natürlich die Jagd, nicht zu vergessen.

Wenn sie auch manchmal berechtigten Grund zur Klage hatte, in schwierigen Zeiten haben wir zusammengehalten, da war ich immer lieb zu ihr und sie war immer lieb zu mir. Und ich finde, das zeigt, dass im Grunde die Beziehung schon in Ordnung ist, und man kann schließlich nicht immer in Liebe und Grießschmarrn baden.

Wenn ich da an eine Zeit denke, ich kann mich nicht mehr erinnern, im wievielten Jahr das war, es war aber auf alle Fälle Sommer. Meine zwei packten Sachen zusammen, nicht in Kartons, da hätte ich dann an einen bevorstehenden Umzug denken können, nein, sie haben die Sachen in Taschen gepackt, und auch nur wenig Inventar wie Bücher und so, hauptsächlich waren es Kleider und Schuhe und Waschzeugs. Damit haben sie das Auto vollgepackt und uns erklärt, dass wir uns keine Sorgen zu machen brauchten, dass Oma und Opa kommen würden und dass wir brav sein sollten. Dann sind sie gegangen.

Wir haben den ganzen Tag gewartet, Oma und Opa sind aber nicht gekommen, und so haben wir begonnen, uns Sorgen zu machen. Marie hatte die Situation im Griff, sie meinte, wir sollten erst mal schlafen, es war mittlerweile draußen auch schon dunkel geworden, und dass sie bis zum Morgengrauen bestimmt wieder zurück sein würden. Länger seien sie ohnehin noch nie ausgeblieben.

Der Morgen graute und sie waren immer noch nicht da. Das Futter, das noch von gestern übrig geblieben war, ging langsam zu Ende. Auch Marie wurde langsam nervös und sie putzte sehr ausgiebig ihr Fell, das allerdings bereits makellos glänzte.
Wahnsinnig lange Zeit später, im Laufe des Vormittages, fuhr ein Auto vor, und Oma und Opa kamen ins Haus. Es gab frisches Essen, die schmutzigen Kisterln wurden sauber gemacht und Oma kroch auf allen vieren durchs Wohnzimmer und spielte mit uns.
Eigentlich wollte ich in den Garten hinaus, aber ein wenig Spielen war auch schön. Und anstrengend! Nach ungefähr zwei Stunden gingen die beiden wieder und es machte mir auch gar nicht so viel aus, dass ich nicht in die Botanik durfte, denn nach der ganzen Aufregung und Spielerei musste ich ohnehin ein wenig ausruhen.

Marie ging es genauso.

Schwierig wurde es wieder abends, als wir ausgeschlafen waren und Ma und Pa noch immer nicht zu Hause waren.

»Machst du dir auch Sorgen?«, fragte ich Marie.

»Hm. Sorgen? Wie meinst du das? Befürchtungen dahingehend, dass kein Mensch mehr kommen und sich um uns kümmern würde und wir dann kein Essen mehr hätten? Dass niemand das Kisterl macht und es übergeht und ich nicht weiß, wohin ich gehen soll? Dass Mama und Papa woanders hingezogen sind und jetzt mit anderen Katzen ein neues Leben anfangen? Dass ich denke, dass sie uns allein gelassen haben und nie mehr wiederkommen?«

Mir stand das Wasser in den Augen.

»Ja, glaubst du?«

Aber Marie antwortete mir nicht.

Ich bin die ganze Nacht wach gelegen und hab auf alle Geräusche gehört. Zwischendurch bin ich immer wieder essen gegangen, bis die Schüsseln leer waren. Erst gegen Morgen schlief ich ein und ich bin erst wieder wach geworden, als Marie »Brrijt!« gerufen hat und zur Tür gelaufen ist.

Zwar waren unsere beiden Menschen nicht heimgekommen, aber wenigstens Oma und Opa waren zurückgekehrt! Es hat mich zwar gefreut, dass sie uns nicht vergessen hatten, aber sie öffneten uns nicht die Tür zum Garten und auf Spielen hatte ich dieses Mal auch keine Lust. Das Essen, das uns Oma als Frühstück mitbrachte, haben Marie und ich ratzfatz verschlungen, und wir haben aufgepasst, dass sie, bevor sie wieder ging, die Schüsseln mit dem Trockenfutter, die über Nacht leer geworden waren, bis zum Rand hin anfüllte. Marie ließ Oma nicht aus den Augen und überzeugte sich persönlich, dass die Kisterln richtig gemacht wurden.

Nachdem wir wieder allein im Haus waren, fragte ich Marie: »Glaubst du, dass das jetzt immer so weitergehen wird? Dass wir nie wieder hinausdürfen? Dass wir jetzt immer allein bleiben?«

Marie sprang aufs Bett und kauerte sich auf ihre Vorderpfoten.

»Ich weiß es nicht, Fredi. Ich weiß es nicht.«

Ich sprang zu ihr hinauf und legte mich ganz nahe neben sie, sodass ich sie spüren konnte. Und sie hat mich nicht weggejagt.

Ich kann mich nicht mehr erinnern, wie lange wir so leben mussten. Ich war davon überzeugt, dass Mama und Papa uns für immer verlassen hatten.

Aus Kummer leerten Marie und ich jede Nacht die randvollen Trockenfutterschüsseln. Wir waren um die Mitte herum bereits deutlich gewachsen.

Ich legte mich oft neben Marie, sie war alles, was ich noch hatte in diesen einsamen Tagen, in denen wir so verlassen leben mussten.

»Marie, mach dir nichts draus, dass wir allein sind, ich pass ab jetzt auf dich auf«, hab ich zu ihr gesagt, als wieder einmal der Tag verging und mein Fell das ihre berührte.

»Gut«, hat sie nur geantwortet, und ich hab gespürt, dass sie zitterte.

Gerade als ich beinahe am Einschlafen war, hörte ich, wie der Schlüssel in die Haustür gesteckt wurde, und ich konnte gar nicht schnell genug auf die Beine kommen, da standen auch schon Schatz und Liebes vor mir und wollten mich in die Arme nehmen und schmusen und Bussi-Bussi geben, und sie redeten auf uns ein. Ich hab kein Wort verstanden, ich war total schockiert. Ich bin ins Bad gelaufen und hab mich in der Duschkabine im Eck zusammengekauert.

Da ist Mama ganz ruhig geworden und hat ganz lieb geredet und mich ganz langsam hochgehoben und mir gesagt, dass alles wieder gut ist, dass sie wieder da ist und dass sie mich wahnsinnig liebt.

Papa hat, glaube ich, das Gleiche mit Marie gemacht, und dann haben wir getauscht, und ich weiß noch, es war alles auf einmal sehr viel.

Ein wenig später hat mir Marie mit der Pfote eins über die Ohren gezogen, weil ich so einen Blödsinn dahergeredet habe, von wegen Sorgen machen und dass sie nie mehr wieder zurückkommen würden.

Mir war es egal und es hat auch gar nicht richtig wehgetan. Ich war nur froh, dass sie wieder da waren, ich hab die ganze Nacht auf Mama draufgelegen, damit sie nicht wieder weggehen kann.

Am nächsten Morgen durften wir gleich in den Garten und alles war wieder normal.

Dass die zwei diesen Schwachsinn, den sie Urlaubfahren nennen, dann jedes Jahr wiederholt haben, war zwar nicht lustig, aber ich hab mir nie wieder solche Sorgen gemacht. Oma und Opa haben sich ohnehin gut um uns gekümmert.

Und in dieser Zeit haben Marie und ich dann immer nebeneinandergeschlafen und sind recht dick geworden.

Sommerzeiten

»Sag, Fredi, findest du auch, dass ich ein wenig zugenommen habe?«, fragte mich Marie einmal, und auch nur ein einziges Mal war ich so blöd, geradewegs darauf zu antworten.

»Ja, klar, du hast in letzter Zeit auch ganz schön in dich reingehauen.«

Sie hat mir so schnell ihre Pfote übergezogen, dass ich nicht einmal Aua sagen konnte.

Die blöde Fragerei kam von dem Diätfutter, das uns Ma und Pa gelegentlich unterschoben. Was da drinnen war, weiß ich nicht, aber warum man davon abnimmt, kann ich erklären: Es ist geschmacklos bis widerlich, Marie und ich haben darum freiwillig aufs Essen verzichtet, zumindest auf die Mengen, die sonst für uns üblich waren. Und wenn Katze nichts oder fast nichts zu sich nimmt und viel im Garten unterwegs ist, kommt das der Figur schnell zugute.

Apropos unterwegs sein. Wenn die beiden nicht gerade auf Urlaub waren, verbrachen wir die meiste Zeit im Garten, in dem wir übrigens nicht die Einzigen waren. Es gab auch noch andere Lebewesen. Ich meine nicht die Ameisen, Käfer, Mäuse, Vögel und all das, was mir unterstellt war, nein, es gab da auch quasi fast gleichberechtigte Tiere, wenn man sie denn so nennen mag. Kaninchen, Hühner und Enten, ich nenn sie einfach Viecher.

Die Enten waren mir gleichgültig, vor den Hühnern hatte ich Respekt, man durfte ihnen nicht zu nahe kommen. Mit ihren spitzen Schnäbeln konnten sie ganz schöne Löcher ins Fell picken, das wollte ich eigentlich nicht ausprobieren, darum bin ich ihnen auch immer eher ausgewichen.

Mit den Kaninchen war das schon anders, die habe ich gerne gejagt, aber sie waren viel zu schnell für mich und nach ein paar Versuchen habe ich das dann schließlich auch aufgegeben.

Die Viecher lebten alle im hinteren Teil des Gartens, sozusagen im Wildgehege, das durch einen grobmaschigen Zaun vom gepflegten Teil abgetrennt war, und zwar so, dass die Tiere nicht nach vorn konnten, ich aber ohne Probleme zu ihnen und auf den hinteren Bereich des Gartens gelangen konnte.

Dort gab es einen kleinen naturbelassenen Weiher, den hauptsächlich die Enten benützten. Er war viel kleiner als der Schwimmteich vorm Haus und auch nicht so tief. Eher so eine Art Tümpel, der von Weiden umschlossen war und idyllisch in einem kleinen Wäldchen lag, dem eine schöne große, wilde Wiese mit schätzungsweise meterhohen Gräsern vorgelagert war.

Papas Wegemäherei beschränkte sich dort auf einen einzigen Pfad nach hinten und der wurde nur gelegentlich gemäht. Und zweimal im Jahr wurde die hohe Vegetation geschnitten und getrocknet. Das war dann das Heu für die Viecher im Winter.

Aber bis es in die Heuhütte kam, war es meines. Zum Trocknen wurde das lange Gras auf riesige hohe Holzgerüste, sogenannte Heustiedeln, aufgehängt, wo es dann einige Tage hängen blieb. Im untersten Bereich dieser Heuständer bildeten sich kleine Höhlen, in die ich sehr gerne hineinkroch und es mir darin bequem machte.

Ich liebte es, darin zu schlafen, der Geruch von frischem Heu war mir noch von meiner Geburt her vertraut und irgendwie hat mich der Duft immer ein wenig high gemacht.

Ich konnte dort so richtig meine wilden Bauernhofgelüste ausleben. Auch die Hühner trugen ihren Teil dazu bei, frischem Hühnermist konnte ich nicht widerstehen. Kaum sah ich bei meinen Touren durch die Viecherwiese Hühnerkot in passender Konsistenz, wälzte ich darin meinen Kopf, in der Hoffnung, den Duft nie wieder abgeben zu müssen. Das ging natürlich nicht, denn Mama wusch mir denselben dann immer mit Katzenshampoo, bis ich nicht einmal mehr nach Katze roch. Das hinderte mich aber nicht, es trotzdem immer wieder zu tun. – Und Mama auch nicht.

Mit den Jahren entwickelten sich die Stauden, Sträucher, Büsche und Bäume auf unserem Revier prächtig und ich lernte auch noch das Klettern auf Bäume. So wie bei anderen Dingen nicht problemlos auf Anhieb, aber dennoch mit gutem Erfolg. Meine erste Kletterpartie verlief perfekt baumaufwärts; wie ich allerdings wieder hinunterkommen sollte, das zu begreifen hat ein wenig gedauert.

Und so hat mich Mama bei den ersten Versuchen einfach vom Baum heruntergeholt, indem sie selbst hinaufgeklettert ist.

Wir haben übrigens viel Zeit zu viert im Garten verbracht. Zum Beispiel, wenn wir Sommerfrische gespielt haben. Schatz und Liebes haben Decken, Polster und Sonnenschirme auf der Wiese ausgebreitet und wir sind zu viert drauf rumgelegen, haben ein wenig gelesen, Musik gehört oder auch ein gemeinsames Nachmittagsschläfchen gemacht. Und abends hat Papa manchmal einen Metallkorb mit dickem Holz gefüllt und angezündet. Bis lange in die Dunkelheit saßen wir vier draußen und haben uns und das Leben genossen.

Das ging selbstverständlich nur, wenn das Wetter schön war. Bei Regen, und der kam gar nicht so selten vor, blieben wir im Haus. Streckenweise verschliefen wir diese Drinnenbleibenphasen genüsslich zusammengerollt. Es kam aber auch vor, dass wir uns miteinander die Zeit vertrieben. Ich ging dann etwa ins Badezimmer und stellte mich vor den Spiegel. Nicht aus Eitelkeit und nicht um mein hübsches Gesicht oder mein dichtes Fell zu bewundern.

Ich stellte mich vor den Spiegel, um mich davon zu überzeugen, dass ich der bin, der ich glaube zu sein und Marie denkt, dass ich bin. Oder damit ich sehe, was sich so hinter meinem Rücken abspielt. Zuweilen trifft so mein Blick auch auf Marie und in ihre Augen, die mich anstarren. Ein paar Sekunden ist es so, als wäre um uns herum alles ein großes Nichts. Dann verstehe ich, Marie versucht über den Spiegel in meine Seele zu schauen.

Seeleschauen und Anstarren. Das ist nicht das Gleiche, hat aber schon etwas Gemeinsames. Beim Anstarren geht es in gewisser Weise um einen Kampf, da versucht eine Katze der anderen in die Seele zu schauen, obwohl die das nicht will. Beide starren so lange, bis eine aufgibt und geht, weil der nächste Schritt wäre dann, die Seele zu öffnen, damit die andere hineinsehen kann.

Doch das will man ja nicht immer. Aber wenn katz das will, dann setzen sich beide aufrecht gegenüber, nicht geduckt wie beim Anstarren.

Während sie so sitzen und schauen, auf einmal verschwindet alles rundherum und es gibt nur mehr diese zwei Seelen, die miteinander kommunizieren. Und wenn es vorbei ist, kann man gar nicht sagen, was geschehen ist, es ist nur zu spüren.

Mich kribbelt es am ganzen Rücken und im Bauch wird mir sehr warm. Beim ersten Mal mit Marie habe ich sie nachher gefragt, warum Katzen so etwas tun. Sie hat lange nachgedacht und mich sehr merkwürdig angesehen.

»Je klarer eine Katze etwas betrachtet, desto differenzierter sieht sie es.«

Ich weiß bis heute nicht wirklich, was Marie damit sagen wollte. Aber sie hat bestimmt recht gehabt.

So wie manche Regentage, hatte auch der Winter seine schönen und interessanten Seiten, wie stapfen durch katzenhohe Schneewände oder am Teich schauen, ob das Eis hält, oder liegen auf meinem gelben Polster vor dem Ofen. Und wenn ich so auf meinem Polster lag und durch die riesigen Glasscheiben auf die schneebedeckten Bäume sah und die Sonne die weißen Schneekristalle zum Glitzern brachte, fand ich auch immer den Winter sehr romantisch.

Aber meine wirkliche Liebe gehört den schönen Sommertagen und seinen Gerüchen, seinen Farben und seinen summenden Flugwesen, seinen schmackhaften Mäusen, dem satten Gras, seiner wärmenden Sonne, seinen Büschen mit wohltuendem Schatten und den gemeinsamen Zeiten mit Marie und meinen Menschen.

Letzten Sommer war es, als die zwei wieder zu packen begannen, und es schien, als würden sie, wie einmal jährlich üblich, ihr Urlaubfahren praktizieren. Aber dieses Mal war einiges anders. Sie packten auch jede Menge Decken, Essenssachen, auch aus unseren Vorräten, Kisterlstreu und sogar ein Kisterl ein. Schnell war klar, Marie und ich durften dieses Mal mitfahren. Marie war sehr aufgeregt, sie war ja in ihrem ersten Lebensjahr schon einmal mit auf Urlaub gefahren. Sie hatte diese Reise in guter Erinnerung und freute sich darauf. Ich war mir da noch nicht so sicher, ein wenig hatte ich Angst, ich könnte dabei vielleicht verloren gehen und es würde wieder ewig dauern, bis ich nach Hause finden würde. Trotzdem zwang ich mich zur Zuversicht, ich wollte auch Maries Vorfreude nicht trüben.

Schon die Autofahrt war sehr aufregend. Papa saß hinter dem Lenkrad, Marie bei Mama auf den Schultern auf dem Beifahrersitz und ich saß – obwohl es aus verkehrssicherheitstechnischen Gründen eigentlich nicht erlaubt ist - aufrecht auf Mamas Schoß, sodass ich die ganze Zeit aus dem Fenster sehen konnte. Marie war während der Fahrt sehr konzentriert; ich wusste, sie versuchte sich den Weg zu merken, und ich war ihr dafür auch dankbar.

Die Fahrt war lang, aber gar nicht langweilig. Zunächst war einige Zeit nur Autobahn zu sehen, dann fuhren wir ab und die Gegend hatte sich verändert. Sie war ganz anders als die bei uns zu Hause.

Mir wurde klar, dass das wohl der Sinn von Urlaubfahren war: wohin zu kommen, wo es nicht wie zu Hause ist.

Gegen Ende der Fahrt ging es dann bergauf, durch einen langen Wald, mitten in die Berge, so heißen diese riesigen Felswände. Schatz brachte das Auto bei einem kleinen Häuschen aus Holz zum Stehen. Hier gab es nur uns, dieses Holzhaus, das inmitten einer riesigen Wiese stand, die rundherum von äußerst großen Bäumen begrenzt war. Und mit etwas Abstand von dem Gehölz, weiter oben, konnten wir die Bergspitzen sehen.

Vor der Hütte gab es einen Brunnen mit primitiver Außendusche, sonst war da nichts, nur diese Wiese und mit etwas Abstand zum Häuschen ein Scheunengebäude, aus dem seltsame, ebenfalls riesige braune Tiere herauskamen und uns anglotzten. Bis auf das Holzhäuschen schien hier alles etwas überdimensioniert zu sein.

Später habe ich erfahren, dass so große Wiesen in den Bergen auch als Almen bezeichnet werden und diese braunen Viecher auf den Namen Kuh hören. Ich war froh, dass wir solche zu Hause nicht hatten, sie waren mir etwas zu groß und ich konnte so rein gar nichts mit ihnen anfangen.

Marie und ich haben im ersten Stock des Hauses, direkt unterm Dach, ein kleines Schläfchen gemacht, während Ma und Pa unsere Sachen ausgeräumt und alles bequem hergerichtet haben.

Nachdem wir ausgeschlafen hatten, machten wir eine kleine Tour auf unserer Alm. Bereits zu Hause wurden wir ja auf die Bergtour gut vorbereitet. Obwohl wir das Gehen mit Leine noch aus unserer ersten Zeit im Garten kannten, mussten wir trotzdem so lange Übungen mit dem Brustgeschirr machen, bis wir uns wieder daran gewöhnt hatten. Jetzt kam uns das zugute, denn bevor wir hinausgingen, bekamen wir dieses enge Zeugs, dieses Brustgeschirr, wieder umgeschnallt, und mit einer langen Leine versehen, ich schätze, so mindestens zehn Meter lang, ging es dann aus der Hütte raus auf die Wiese. Papa hatte auch so ein komisches Geschirr umgeschnallt, seines hatte einen Beutel, hing am Rücken und er hatte keine Leine dran.

Wir gingen Richtung Norden zum Waldrand, diesen dann linker Pfote entlang, bis wir die ganze Almwiese umrundet hatten und wieder beim Waldrand im Norden ankamen. Zwischendurch habe ich mir alles angesehen, und ausgiebig berochen, was es da so gab. Die Blumen und Büsche, die mir fremd waren, die verschiedenen Hölzer, die überall herumlagen, die Gerüche von Tieren, die ich nicht kannte, obwohl es schien mir, als hätte ich ein wenig Fuchs gerochen.

Natürlich hab ich mir auch die Kühe etwas näher angesehen. Der Bereich der Wiese, auf dem sie standen, war mit einem Elektrozaun abgegrenzt. Das haben wir sofort an den Schwingungen, die davon ausgingen, erkannt. Unser Zaun zu Hause machte auch so ein Geräusch, und abgesehen davon wollten wir diesen Rindviechern ohnehin nicht zu nahe treten.

Marie und ich haben uns mit gebührendem Abstand vor ihren Bereich hingesetzt, Schatz und Liebes haben am Ende der Leine das Gleiche getan, und so haben wir die Rinder dann eine Weile beobachtet.

Papa holte für sich und Mama aus seinem Rückenbeutel zwei Bier heraus; die haben sie dann ganz entspannt getrunken, während wir so auf unserer Bergweide saßen und nichts taten, außer in die Gegend zu schauen.

Zurück in der Hütte wurde dann Holz in einen riesigen Ofen hineingelegt und angezündet und es wurde angenehm warm in der Stube. Nachdem wir alle gegessen hatten, sind wir bei Kerzenschein auf der Eckbank zu viert beisammengesessen, haben geredet, und danach sind wir nach oben und ins Bett gegangen. Die Nacht war auf ungewohnte Weise sehr dunkel, und ich war froh, dass wir zu viert in einem Bett lagen. Gelegentlich hörte ich von draußen die Jagdschreie einer Eule und ich hatte nichts dagegen, dass sich Marie leicht an meine Seite drückte.

Am nächsten Morgen war wieder Ausflug angesagt. Mit der Leine ging es erneut Richtung Norden, dieses Mal kurz durch den Wald mit den riesigen Bäumen auf einen Schotterweg. Der führte uns bergauf, links und rechts von uns gingen schmale Wege ins Holz hinein, denen wir auch zuweilen für eine kurze Strecke folgten.

Es war herrlich – die verschiedenen Moosarten, abgesägte und umgefallene Baumstämme und -stümpfe, halb vermoderte Äste, ein ständiges Drüber- und Drunterklettern. Und dann stießen wir auf etwas, das Mama große Freude bereitete. Sie nannte es Eierschwammerln. Dunkelgelbe Dinger ohne Blätter und ohne Blüten, die aus der Erde herauswuchsen. Sie schnitt sie mit einem kleinen Messer ab, putzte sie mit einem Beserl, das am anderen Ende des Messers angebracht war, gab sie in einen mitgebrachten Stoffsack und hielt nach weiteren Exemplaren Ausschau. Und natürlich half ich ihr dabei. Ich hab mir die Schwammerln genau angesehen und versucht, sie mir zu merken, und dann hab ich beim Gehen den Waldboden ganz genau abgesucht, und ich hab auch wirklich einige gefunden, und Mama hat sie dann abgeschnitten und in ihren Sack getan. Ich war recht stolz auf meine Aufspürfähigkeiten. Wir waren ganz schön lange unterwegs und das Schwammerlnsuchen war auch recht anstrengend, dennoch hat es mir richtig Spaß gemacht.

Wir haben die Pilze dann in der Hütte gebraten und gemeinsam gegessen. Nicht dass sie mir geschmeckt hätten, ich hab auch nicht viel davon gegessen, aber ein wenig gekostet haben Marie und ich sie schon. Irgendwie hat das einfach zum Urlaub in den Bergen dazugehört.

Auf der Alm haben wir viel geschlafen, die Luft und die Ausflüge haben da wohl etwas dazu beigetragen. Einmal sind unsere Menschen ohne uns losgezogen, das war aber kein Problem; so haben Marie und ich uns hingelegt, jede auf ihre Decke am Bett, und ein wenig gedöst. Und wie ich aufgewacht bin, sind wir Fell an Fell und unsere Pfoten ineinandergeschlungen gelegen. Ich hab die Augen wieder zugemacht und so getan, als ob ich weiterschlafen würde. Marie hat das Gleiche gemacht, und so sind wir erst auseinandergegangen, als Schatz und Liebes wieder zurückgekehrt sind.

Drei Tage dauerte unser Urlaub auf der Alm, dann hat es zu regnen begonnen und nicht wieder aufgehört, und wir waren uns alle einig, dass es bei Regen daheim am schönsten wäre.

Wir haben zusammengepackt und sind ins Auto gestiegen. Marie hat den Weg angesagt, und wieder daheim angekommen, war uns klar, dass, auch wenn es zu Hause am schönsten war, der Urlaub für uns alle eine besondere Zeit gewesen ist.

Es war Hochsommer und das Grün im Garten wucherte. Dazu gehörte auch das Gemüse, das Ma hegte und pflegte. Mir war Gemüse im Großen und Ganzen eher egal. Was ich aber mochte, waren diese großen grünen langen Dinger mit den kühlenden Schalen, aus denen Mama meistens Salat machte. Gurken. An heißen Tagen, an denen ich wegen der Hitze hechelnd im Wohnzimmer lag, nahm sie die Schalen und legte sie auf meinen Körper. Sie kühlten nicht nur meine Hitze etwas ab, sie pflegten indirekt auch mein Fell, da ich es nach solch einer Gurkenmaske ausgiebig leckte.

In diesem Sommer schien es mir, als ob es tagsüber heißer als sonst sein würde, und ich schlief auch schlechter, es kühlte nur wenig ab. Nachts wechselte ich vom Bett im Schlafzimmer auf das Sofa im Wohnzimmer, in der Hoffnung, dort ein wenig Schlaf zu finden. Im Schlafzimmer, wo die Körperwärme der ganzen Familie im Bett konzentriert war, war es mir einfach zu warm geworden.

So war ich wirklich froh, als draußen die Blätter begannen sich umzufärben und die Tage nicht mehr so heiß und die Nächte wieder schön kühl waren. Ich genoss es dann wieder, bei Mama auf dem Kopfpolster, nahe ihrem Gesicht zu schlafen. Und scheinbar hatte ich auch viel Schlaf nachzuholen. Ich war tagsüber oft müde und schläfrig und meine Runden im Garten drehte ich nicht mehr so lange wie üblich. Ich war gerne drinnen im Haus und ruhte mich etwas aus.

Und der Herbst ging langsam in den Winter über.

Es war an einem Montag im Jänner, als ich erfuhr, dass meine Chancen, den nächsten Sommer zu erleben, gering wären. Meine Haut hatte sich gelb verfärbt und seit einigen Tagen fühlte ich mich schwach, matt und kraftlos.

Eigenartigerweise traf mich die Prognose nicht wirklich überraschend. Schon seit einigen Wochen dachte ich intuitiv über den Tod nach und wie ich denn eigentlich sterben wollte. Klar, wenn es schon sein musste, so dachte ich aber dennoch erst in einigen Jahren an eine Realisierung. Als steinalter weiser Kater wollte ich an einem herrlichen Frühsommertag im Schatten einer meiner Lieblingsplätze sanft entschlafen. Ja, so hätte ich es mir gewünscht.

Natürlich weiß auch ich nicht, was nach meinem Entschlafen mit mir geschehen würde. Würde ich in einen Tunnel schweben und am Ende ins Licht gehen? Würde ich auf einer saftigen grünen Wiese erwachen und dort alte Freunde treffen? Kurti – und, wer weiß, vielleicht auch Mio? Würde ich den Körper eines anderen Katzenkindes beseelen und so wieder zu Mama zurückkehren?
 Oder würde ich rast- und ruhelos auf ewig hier auf Erden herumspuken und nachts im Kisterl scheren, so

wie Gespenster, die mit Ketten rasseln? Was würde mein Los sein?

Wenn ich Mama glaube, dann wird mein Körper zerfallen in der Erde, in der ich begraben sein werde, und schließlich würden Wurzeln meine abgenagten Gebeine umschließen, und solange Mama lebt, würde ich in ihrem Herzen und in ihren Gedanken weiterleben, auch wenn mein Körper schon lange Kompost geworden ist.

Aber bin ich wirklich nur Körper? Was ist der Rest von mir, das, was Mama in Erinnerung behält?
Vielleicht gibt es doch einen Katzenhimmel, ich wünsche es mir, es würde mir, und bestimmt auch Mama und Papa, den Abschied erleichtern.

Ja, und Marie? Was wird mit ihr? Wer wird sie weiter im Leben begleiten? Was soll sie ohne mich nur tun?
Ach, die Liebste. Wie kann ich ihr in der Zeit, die mir bleibt, noch danken? Wie kann ich sie um Vergebung bitten?

Ich werde sie vermissen.

Nachwort

Mein Herz, du bist an einem Freitag im Februar gestorben.

Blauer Himmel und Sonnenschein wechselten mit Wolken und dicken Schneeflocken. Leicht wehte der Westwind und warf an manchen Stellen die schneebedeckten Wiesen scheinbar spielerisch zu Dünen auf.

Wie sehr hab ich dir gewünscht – wenn das Ende schon nicht zu vermeiden wäre –, dass du noch einen Sommer, oder einen Frühsommer, oder doch zumindest einen Frühling, noch erleben darfst und du dich in deiner geliebten grünen Wiese wälzen kannst und den dir vertrauten, wohligen Geruch in dir spürst, den frisches Gras deinem rosa Näschen zu bieten hat.

Du warst so tapfer und du hast so sehr gekämpft. Und irgendwann warst du mit deiner Zeit einig, und du dachtest wohl, dass auch wir es nun ohne dich schaffen könnten.
  Wir durften deine Pfote bis zuletzt halten und dein letzter Atemzug verließ dich im Kreise deiner Familie.

Die Erde unter der Schneeschicht war nur oberflächlich gefroren. Wir haben dir ein Grab auf dem Wall ausgehoben und dich dort mit deinem gelben Lieblingspolster, deiner gelben Decke, deiner Bürste und deinem Halsband beerdigt.
  Im Frühling, wenn der Schnee uns dann endlich verlassen haben wird, werde ich Blumen auf dein Grab pflanzen.

Und ich werde dir einen Grabstein setzen, auf dem zu lesen steht: Dein Name war Fredi.

Zwei Monate nach dir, es war ein Mittwoch im April, haben wir Marie in die Erde neben dich gelegt. Es war ein sehr schöner und warmer Frühlingstag, die Forsythien verschenkten ihr Gelb im Überfluss und die Wiesen erlagen ihrem satten Grün.
Nichts ahnend, dass auch für Marie die Zeit ein Ende hätte. Dass Marie dir so schnell folgen würde – sie hat dich wohl sehr vermisst.

Nun vermissen wir euch beide und versuchen irgendwie zu begreifen, was und warum geschehen ist, was geschehen ist.

Und die Leere, die zurückgeblieben ist, versuchen wir mit Geschichten zu füllen.
Geschichten von Nebelkatzen und Gedankenbildern.

Und nachts – wo nicht alle Katzen grau sind –, ja nachts sind wir wieder vereint.

Mit dir, Fredi, und mit dir, Marie.

Danksagung

Mein Dank gilt Hans Dieter Zwirchmaier,
ohne den es dieses Buch nicht geben würde.